内燃式电石炉岗位安全操作手册

中 国 电 石 工 业 协 会
四川省电石溶解乙炔行业协会　组织编写

吴清学　主编

化学工业出版社

·北京·

本手册根据 20000kVA 内燃式电石炉生产实践，较为全面地阐述了电石生产各岗位安全操作要点，以及主要设备的操作规程，同时列举了 DCS 控制技术在电石生产辅助设施上应用的实例。

　　本手册将生产操作各个环节按照开车到停车的生产过程进行了分解，各环节的安全操作要点也依次分别阐述，可供电石行业的生产管理人员编写本企业操作规程时参考，也可作为电石生产操作人员的培训资料。

图书在版编目（CIP）数据

内燃式电石炉岗位安全操作手册/中国电石工业协会，四川省电石溶解乙炔行业协会组织编写；吴清学主编 . —北京：化学工业出版社，2010.10
ISBN 978-7-122-09441-4

Ⅰ. 内…　Ⅱ. ①中…②四…③吴…　Ⅲ. 碳化钙-生产-手册　Ⅳ. TQ161-62

中国版本图书馆 CIP 数据核字（2010）第 178569 号

责任编辑：傅聪智　　　　　　　　装帧设计：王晓宇
责任校对：洪雅姝

出版发行：化学工业出版社（北京市东城区青年湖南街 13 号　邮政编码 100011）
印　　装：大厂聚鑫印刷有限责任公司
850mm×1168mm　1/32　印张 6½　字数 145 千字
2010 年 11 月北京第 1 版第 1 次印刷

购书咨询：010-64518888(传真：010-64519686)　　售后服务：010-64518899
网　　址：http://www.cip.com.cn
凡购买本书，如有缺损质量问题，本社销售中心负责调换。

定　　价：32.00 元　　　　　　　　　　　　版权所有　违者必究

编写及审定人员名单

主　　编　吴清学

副 主 编　杨应明　汪　红

编写人员　（以姓氏汉语拼音为序）

　　　　　　胡　仲　李华清　林洪正　罗泽蓉

　　　　　　马鸿儒　汤雪梅　汪　红　王小杰

　　　　　　吴清学　肖正君　阳楚君　杨　虹

　　　　　　杨应明　张加才

审　　定　孙伟善　戎兰狮

序

　　我国的电石行业经过 80 余年的发展，已经成为化学工业中的一个重要组成部分。据中国电石工业协会统计，2009 年，我国电石生产能力接近 2400 万吨，电石产量已超过 1500 万吨，成为世界电石第一生产和消费大国。

　　进入 21 世纪，受原油价格大幅度上涨的拉动和以电石法乙炔为原料的有机合成工业快速发展的推动，我国电石产能飞速扩张，企业数量大幅度增加。通过对引进技术的消化吸收，行业的技术水平有了很大的提高；在此基础上也创造出一些拥有自己特色的知识产权和技术管理方法。大型密闭式电石炉也实现了国产化，其各项指标、能耗、污染物排放均与国外企业旗鼓相当。我国密闭式电石炉的比重虽有所提高，但也还不到总产能的 40%，内燃式电石炉占总产能的比例仍超过 60%。随着产业政策的进一步落实和节能减排要求的不断提高，内燃式电石炉正朝着大型化、自动化的方向发展。

　　按照国务院安全生产委员会、国家安全生产监督管理总局提出要进一步加强危险化学品安全生产管理，在危险化学品企业全面开展安全生产标准化，强化企业安全生产"双基"工作，建立企业安全生产长效机制的要求。电石生产企业应该在强化生产工艺过程控制，提高本质安全水平，增强预防事故的能力，加强全员、全过程的安全管理等方面，建立起较为规范化、系统化、程序化、标准化的安全管理模式和持续改进的安全生产工作机制，提升企业的安全生产管理水平。近几年来，不少电石生产企业已先后开展了安全标准化的创建和达标工作，使安全生产管理的局面有了不小的改观。

四川省电石溶解乙炔行业协会根据中国电石工业协会三届四次理事会的决议，组织工程技术人员依据全国内燃式电石炉示范基地——四川屏山天金化工股份有限公司20000kVA内燃式电石炉生产装置的基础数据，并参考了其它企业的情况，总结归纳了内燃式电石炉各个生产工序安全操作的基本要求，编写完成了这本《内燃式电石炉岗位安全操作手册》。

我认为这本手册将对电石生产企业安全生产操作的规范管理起到推动作用。在此，我谨代表中国电石工业协会向四川省电石溶解乙炔行业协会及参与编写的各位专家为行业付出的辛劳表示衷心的感谢和崇高的敬意！也希望更多的电石人加入到这个行列中来，将实践经验和思考写出来，奉献给我们共同关注和为之奋斗的电石行业。

中国电石工业协会秘书长　孙伟善
2010年8月

前　言

　　电石行业的产业结构经过调整和技术升级以来，采用内燃式电石炉生产电石的企业，在生产技术装备升级换代方面有了不小的进步，部分企业已经实现了对各工序生产过程进行计算机控制，配置了自动配料、自动上料、电机自动升降和自动压放、炉压自动控制以及信号自动检测仪表的装备，减少了人工操作环节，降低了工人的劳动强度，改善了劳动环境。在目前电石技术装备向大型化、密闭化、集约化更新发展的时期，面对电石生产装备的技术水平的不断提高，作为电石生产的管理者应更加细致地关注新型电石生产设备的特点、生产中易产生的安全隐患，不断地规范操作法和制定有效的安全措施，提高安全生产管理水平。因此，及时地编写符合安全生产要求的操作手册是电石生产企业安全管理重要的基础工作之一，也是安全生产法要求企业管理者应履行的一项职责。

　　这本《内燃式电石炉岗位安全操作手册》主要内容包括石灰、碳素原料的制备、电石炉、电石冷却破碎、炉气除尘、变电站、循环水系统的生产工序和辅助系统的安全操作；在各岗位的安全操作中分别列出开车、停车、常见故障、异常情况处理措施、安全操作要点等生产中应当重视的环节；对电石生产中使用的破碎机、皮带输送机、斗式提升机等通用机械设备，编写了设备安全操作规程；对循环水、炉气除尘系统和供电设施的安全操作，突出其在电石生产中具有的特点；同时还列出了几例应用

DCS 控制技术的控制方案；把生产岗位交接班管理制度、设备检修交付工作制度、职业危害因素、个人劳动防护用品基本配备均列为附录作为参考资料。

本书力图全面总结内燃式电石炉安全生产操作的基本要求。但是安全生产操作规程的编制不光要依据国家标准、技术规范，还要不断总结生产中积累的经验，是一项需要持续改进和不断完善的工作。同时各电石生产企业内燃式电石炉的容量不一，设备选型、流程布置、控制方案、公用工程的配置都不尽相同，生产操作也都具有各自的特点，因而这本手册的局限性在所难免。要全面提升电石行业安全生产操作水平，还要特别重视对操作人员生产技能和安全知识的培训，而做好这些工作，需要全行业共同的努力。

在此，真诚地希望电石企业的技术人员和安全生产管理者对这本操作手册提出宝贵的意见。

编　者
2010 年 8 月

目　录

1 原料制备工序岗位安全操作

1.1 原料制备工序概述

原料制备工序主要处理生产电石的石灰和碳素原料，使之满足电石炉冶炼的要求。首先将石灰进行择选、筛分，使之达到工艺要求的粒度；然后将外购的碳素原料检验分析分类，进行破碎、烘干，使之水分和粒度达到要求，并按要求的配比进行混合；再将石灰和碳素原料输送至各自的贮存仓。

原料制备工序设置了 3 个岗位，分别是预处理岗位、干燥岗位、输送岗位。

预处理岗位主要是将碳素原料进行破碎、筛分、将粒度合格的碳素送至干燥岗位脱水；同时择选石灰，选出生烧、过烧等杂质，然后进行破碎、筛分送至输送岗位。

干燥岗位是将预处理送来的粒度合格的焦炭（碳素原料）在干燥设备中进行脱水，筛分后送至输送岗位。

输送岗位把合格的石灰送至电石炉工序石灰储料仓，并将焦炭或使用的各类碳素原料进行计量、混合后，送至电石炉工序的焦炭储料仓。

1.2 工艺流程简述

外购碳素原料经检验分析合格，分别倒入堆场，经过斗式提

1

升机输送到振动筛筛分，经颚式破碎机破碎为粒度合格的碳素原料，再经皮带输送机、双梁桥式起重机转运到库房堆放或输送至干燥岗位。

将目测合格的石灰倒入石灰料仓，在择选皮带上选出生过烧、硫炭块后，再由斗式提升机输送到振动筛筛分，石灰粉末进入粉仓，粒度合格的石灰经皮带输送机输送到石灰贮仓，粒度超过工艺控制范围的石灰经破碎、筛分后输送到石灰储料仓，用皮带输送机送入电炉配料系统的石灰仓内待用。

用来自沸腾炉的热风（或电炉烟气）将其水分烘干到1%以下后，用斗提机提升至皮带输送机送去筛分，通过振动筛筛分后，合格粒度的碳素料用皮带机送入碳素料仓贮存，碳素料仓内贮存的碳素料按照规定的碳素料的配比经自动称量混合后，用皮带机输送到电炉工序待用。

1.3 主要工艺设备

本工序主要工艺设备有：斗式提升机、振动筛、颚式破碎机、皮带输送机、双梁桥式起重机、手选皮带、沸腾炉、回转烘干窑、布袋除尘器、滚动筛、振动给料机等。

1.4 岗位的安全操作

1.4.1 预处理岗位

1.4.1.1 开车

（1）开车的准备

① 按照各岗位涉及的斗式提升机、振动筛、颚式破碎机、皮带机、桥式双梁起重机等相关设备操作规程规定的开车前的检

查要求，完成检查、调试、试运转工作，各类设备均为正常状态；

② 检查完成后，检查结果应报告班长。当接到开车指令，方可进入开车程序。

（2）开车的程序

① 碳素原料预处理开车程序

接到开车指令后，依顺序开启皮带输送机、颚式破碎机、振动筛、斗式提升机。启动空载运行无异常情况后，逐步打开斗式提升机进料阀门，调整进料量，进行碳素原料破碎、筛分工作。

② 石灰原料预处理开车程序

接到开车指令后，依次启动除尘器、皮带输送机、振动筛、颚式破碎机、斗式提升机、石灰手选皮带。空载运行无异常后，打开石灰仓出口阀门进行石灰生过烧择选和破碎筛分处理。

（3）开车的安全操作要点

执行各类设备操作规程中开车的安全操作要求。

1.4.1.2 正常运行

（1）正常运行安全操作要点

① 设备运行中严禁人员穿越或跨越；

② 加强对运行设备的巡检，设备的安全防护设施保持完好；

③ 设备在运行中不能进行检修工作；

④ 在对运行中的设备进行巡回检查时，需保持安全距离，戴好防护用具。

（2）生产运行记录

生产中应对下列操作指标进行控制和记录：

① 处理的各种碳素原料的数量、质量及筛分出的粉末量；

② 筛分后的碳素粉末中粒度大于 3mm 的量不超过 2%；

③ 处理每批次碳素原料中大于 35mm 的量不超过 5%；

④ 当班所择选石灰的数量、生过烧、石灰粉末、硫炭块、

大粒度的量；

⑤ 生过烧、硫炭块中合格石灰的含量不超过 5%；

⑥ 择选后石灰中生过烧、硫炭块等杂质不得超过 8%；

⑦ 对各设备操作规程中要求的记录指标分别进行记录。

（3）巡检要求和记录

① 按照设备操作规程中各个设备的巡检要求进行定时的巡检并做好记录；

② 注意观察电流表显示是否正确；

③ 电机运行的声音、温度、震动是否正常，运行电流是否超过额定电流；

④ 随时注意电气（器）的工作状态，当电气（器）不能正常工作时，要及时处理和报告，并做好相应的记录；

（4）交接班时按照附录 1《生产交接班管理制度》的规定进行。

1.4.1.3 停车

（1）停车操作程序

接到停车指令后，操作人员做好停车准备工作，首先停止给料，待设备内物料输送完毕后，依次停止设备的运行。

（2）停车安全操作要点

① 按照各设备操作规程中的要求依次对斗式提升机、振动筛、颚式破碎机、皮带输送机、双梁式起重机等设备进行停机；

② 多节皮带串联时，其停机顺序是从喂料端至卸料端依次停机；

③ 首先要停止向设备给料，待设备内物料全部输送完后，再按下停止开关；

④ 停车后关闭各相关阀门，确保设备再次启动时空载运行；

⑤ 停车后断电并检查各设备有无异常情况，发现问题及时汇报处理。

1.4.1.4 异常情况处理

（1）故障处理

按照各设备操作规程中所列出的常见故障处理措施进行故障处理。设备损坏需要进行检修，则按照附录2《设备检修交付工作制度》进行。

预处理岗位设备发生突发性故障，导致干燥岗位无物料，应及时通知下一岗位采取应急措施。

（2）紧急停机程序

① 按照各设备操作规程中规定的紧急条件采取相应的停机措施；

② 按下设备停止运行按钮，拉下电源开关；

③ 向班长汇报急停原因、目前状况；

④ 配合相关人员处理现场。

（3）紧急停机安全操作要点

① 当出现设备操作规程中所列出的紧急停车情况时，执行紧急停车程序；

② 注意停车的顺序，对于未卸完的物料要及时清除。

1.4.1.5 日常检查与维护

（1）按照各类设备操作规程中规定的日常检查项目每2h进行一次检查，并做好相应的检查记录；

（2）按照各类设备操作规程中的要求做好设备日常维护工作；

（3）生产现场应无乱堆乱放的物料。

1.4.1.6 电器仪表日常检查

（1）检查所有的电机（附属电流表、控制开关、接地、接线盒等）、室内风扇、照明是否完好；

（2）注意观察电流表显示是否正常，电机运行的声音、温度、震动是否正常，运行电流是否超过额定电流；

（3）随时注意电器在生产运行过程中的工作状态，当电器不能正常工作时，要及时进行处理和报告，并做好相应的记录；

（4）记录检查结果，发现问题及时报告。

1.4.1.7 职业卫生

（1）岗位职业危害因素

本岗位可能存在的主要职业危害因素见附录3。职业危害因素检测结果应该符合工作场所有害因素职业接触限值的要求。

（2）防护措施

① 正确穿戴劳动防护用品；

② 在巡检设备时严禁戴手套；

③ 个人防护用品的配备标准可参照附录4。

（3）急救药品的配置

急救药品的数量和品种应根据岗位实际需要适量配备。一般情况可参照附录5配置，并且应设专人管理，保证药品的基本数量和有效期。

1.4.1.8 检修

设备的检修按照附录2《设备检修交付工作制度》进行。

1.4.2 干燥岗位

1.4.2.1 开车

（1）开车准备

① 按照本岗位的设备操作规程做好设备开车前的检查工作；

② 在接到开车指令后，首先要按照沸腾炉操作规程要求进行烘炉工作；

③ 干燥尾气除尘器开车前准备工作

a. 进气室检查门是否关闭严密；

b. 空气压力应在 0.4～0.6MPa，贮气罐水已排净；

c. 除尘控制器工作情况满足工况要求，提升阀、脉冲阀工作正常；

d. 各润滑点加注润滑油或润滑脂；

e. 按清灰控制器（电控柜）说明书，调整各室的提升阀和脉冲阀的清灰程序（注：作上述调整时将检修门关闭，以防脉冲阀强力喷吹气流对人体造成伤害）；

f. 灰仓、螺旋输送机无积灰及异物。

（2）开车程序

完成各个设备开车前的检查和准备工作后，按照以下步骤进行开车。

① 启动干燥尾气除尘器系统

a. 接通用电设备电源、压缩空气气源，按下卸灰设备电源按钮，清灰控制器处于手动状态；

b. 观察压力表、温度表显示值是否正常；

c. 开启主风机，观察空负荷运行阻力，漏风率较大时应及时检查并处理；

d. 通入含尘烟气，观察除尘器运行阻力上升情况及排气口的情况；

e. 启动清灰程序控制器进行清灰，并观察压力下降情况；

f. 观察排灰装置排灰效果是否正常，有无堵塞现象；

g. 上述情况一切正常，便可投入正常运行，这时打开贮气罐供气阀；

h. 开启主风机（在开主风机前必须关闭配风阀门，30s后再开启配风阀）；

i. 开启清灰控制柜。

② 启动沸腾炉

③ 依次开启成品碳素材料输送设备、筛分设备。

④ 开回转烘干窑，随着炉膛温度的升高，开启给料输送设

备，逐步加料到回转烘干窑中。

⑤ 启动圆盘喂料机

a. 试运行

ⅰ. 将转速调到零位，再启动电机，逐渐将转速调至最大，空载运转 30min；

ⅱ. 空转后再进行负载运转，转速从小到大，满负荷运行 2h。

b. 正常操作

ⅰ. 通过操作热工仪表柜面板上的按钮，调节圆盘喂料机的喂料量，也可以直接调整圆盘喂料机的调节套筒，还可以通过手动执行器调节刮板角度来完成；

ⅱ. 当物料湿度较大易于结棚时，可在分配器上安装去棚料杆，以保证连续喂料。

（3）开车的安全操作要点

① 检查各设备润滑是否符合要求，如发现问题及时处理、报告当班班长并做好记录；

② 各设备供电情况正常，各个开关完好；

③ 关键设备如波纹挡边机、提升机、回转烘干窑、滚动筛要进行试车工作，确认无卡阻现象及异常响声，安全保护设施完好，无缺油、漏电现象，在确认无人进行设备检修及其他人员时，方可开车；

④ 所有设备必须空车启动，运行无异常后再给料。

1.4.2.2　正常运行

（1）正常运行安全操作要点

① 按照本岗位各设备操作规程的要求进行操作；

② 在对运行中的设备进行巡回检查时，需保持安全距离，戴好防护用具；

③ 输送设备运行中严禁穿越或跨越，避免造成人身设备

事故；

④ 所有设备在运行过程中，加强巡检，各设备安全防护设施应完好；

⑤ 设备在运行中不能进行检修和维护保养工作。

（2）生产运行记录

生产中应对下列操作指标进行控制和记录：

① 干燥碳素原料的数量、水分及粉末；

② 筛分出的碳素原料粉末粒度中大于 3mm 的量不超过 4％；

③ 碳素烘干后水分含量不超过 3％；

④ 抽检碳素粉末、石灰生过烧、硫炭块含量是否超标。

（3）巡检要求和记录

① 按照设备操作规程中各个设备的巡检要求进行定时的巡检并做好记录；

② 电机运行的声音、温度、震动是否正常，运行电流是否超过额定电流；

③ 随时注意电器的工作状态，当电器不能正常工作时，要及时处理和报告，并做好相应的记录；

④ 按照各个设备操作规程中规定的设备的日常检查项目每 2h 进行一次检查，并做好相应的检查记录。

（4）交接班时按照附录 1《生产交接班管理制度》的规定进行。

1.4.2.3　停车

（1）停车操作程序

接到停车指令后，现场操作人员按照以下顺序进行停车操作。

① 停止向回转烘干窑输送碳素料；

② 停止给料后，进行压火操作；

③ 压（熄）火 30min 后，停圆盘喂料机；

④ 待烘干机内物料全部输送完后逐一停以下设备：提升机、

滚动筛、皮带输送机；

⑤ 压（熄）火后约 1h，停除尘系统；打开排渣阀，停引风，同时逐步减少鼓风机阀门开度至 10%；

⑥ 待回转烘干窑温度冷却到 70℃，停回转烘干窑。

（2）停车安全操作要点

① 首先停止振动给料机给料，待波纹挡边机内物料卸完后停止运行，关掉波纹挡边机开关；

② 烘干转筒内物料卸完后，转筒出口温度＜70℃时，停止转筒的运行；

③ 提升机内物料全部提升完毕进行筛分后，空车进行停车；

④ 停止干燥尾气除尘器运行时，应先停止引风机运行后再关好风机进风阀，关掉除尘控制开关，同时告知电炉主控人员；

⑤ 烘干系统设备全部停止运行后，关闭总进风阀门。

1.4.2.4 异常情况处理

（1）故障处理

设备的常见故障按照各设备操作规程中列出的常见故障处理措施进行处理。

（2）紧急停车程序

当发生下列情况时，可采取紧急停车措施：

① 波纹挡边机皮带损坏；

② 烘干转筒跳闸或瞬间电流过高，转筒出料口下料管被异物堵塞或提升机下料管堵塞，造成提升机返料；

③ 提升机声音异常、掉斗、滑链或链条断，立即停料。

（3）紧急停车安全操作要点

① 设备发生故障时应立即停止前序设备运行；

② 拉下故障设备电源开关；

③ 向班长及电炉主控人员汇报急停原因、目前状况；

④ 配合检修人员处理故障。

1.4.2.5　日常检查与维护

（1）滚动筛

① 随时检查滚动筛进出口，防止堵料；

② 随时检查筛网是否完好，防止大颗物料漏入链运机；

③ 检查筛子的运行情况和传动轴上轴承的工作温度是否正常，以及连接件的牢固情况，发现问题及时处理；

④ 定期向轴承加注钙基润滑脂；

⑤ 星型摆线减速器应定期清洗、换油；

⑥ 严禁金属硬物进入转轮筛网内损坏筛网；

⑦ 启动滚动筛前用手盘动联轴器，手感无卡涩现象；

⑧ 停滚动筛时，应先关掉进料阀，待机内无物料时再停机。

（2）圆盘喂料机和煤粉给料机

① 保持设备表面清洁干净；

② 检查圆盘喂料机隔板是否损坏；

③ 检查连接三角带是否完好，如损坏应及时更换。

（3）其它设备按本书第 8 章设备操作规程进行日常检查与维护。

1.4.2.6　电器仪表日常检查

① 注意观察检测仪表指针是否脱落或者弯曲、显示是否正常；

② 注意观察仪表盘上的二次表与现场一次表之间是否出现较大差异、二次表上手动控制是否有效、报警信号是否灵敏、正确；

③ 注意仪表气源压力是否在正常范围内，自动调节阀有无反应延迟等失效表现；

④ 注意检查仪表检验是否在有效期内，并及时报告超期的仪表，以备更换；

⑤ 注意观察电流表是否完整，电机运行的声音、温度、震动是否正常，运行电流是否超过额定电流，照明是否正常；

⑥ 随时注意电器的工作状态，当电器不能正常工作时，要及时进行处理和报告，并做好相应的记录。

1.4.2.7　职业卫生

（1）岗位职业危害因素

本岗位可能存在的主要职业危害因素见附录 3。职业危害因素检测结果应该符合工作场所有害因素职业接触限值的要求。

（2）防护措施

个人防护用品的配备可参照附录 4。

（3）急救药品的配置

急救药品的数量和品种应根据实际需要配备，一般情况可参照表附录 5 配置，并且应设专人管理，保证药品的基本数量和有效期。

1.4.2.8　检修

设备的检修按照附录 2《设备检修交付工作制度》进行。

1.4.3　原料输送岗位

1.4.3.1　开车工作

（1）开车准备

开车前应做好以下各运转设备的检查工作。

① 振动筛

a. 电压显示是否正常；

b. 振动电机的地脚螺栓是否松动；

c. 进料口、出料口的软连接是否完好；

d. 筛子是否有损坏现象；

e. 弹簧的完好情况。

② 散尘除尘器

12

a. 检查气源压力是否达到要求（0.4～0.6MPa），阀门是否漏气；

b. 观察门和检修孔是否关闭；

c. 风机及电机的地脚螺栓是否松动；

d. 检查电压显示是否正常；

e. 布袋骨架是否有掉袋和破袋的现象。

③ 其它设备按照设备操作规程规定的项目进行检查。

（2）开车程序

① 碳素原料输送开车顺序

接到开车指令后，按下列顺序开车：

a. 开启散尘除尘器；

b. 依次开启皮带输送机、波纹挡边机、皮带输送机、计量皮带；

c. 最后开启碳素料仓的卸料阀。

② 石灰输送开车顺序

a. 接到开车通知后，操作人员启动设备的开车按钮；

b. 进厂石灰倒入石灰料仓，开启散尘除尘器和引风机；

c. 开启皮带输送机的翻板阀，依次启动皮带输送机、振动筛、斗式提升机、转向皮带机、择选皮带输送机；

d. 最后开启石灰暂储仓的卸料阀。

③ 石灰从石灰暂储仓输送到电炉工序石灰料仓的开车顺序

a. 接到开车通知后，开启散尘除尘器；

b. 依次开启皮带输送机、波纹挡边机、皮带输送机、振动给料机；

c. 最后开启石灰料仓的振动给料机。

（3）开车安全操作要点

① 皮带输送机、波纹挡边机、斗式提升机、振动筛必须以空载启动；

② 各设备供电正常，检查开关要切换到手动，转动设备启动前进行盘车工作，各个连接点都正常，确认无卡阻现象及无异常响声；

③ 皮带之上没有异物，托轮完好，安全保护设施完好，无缺油漏电；

④ 在确认无人进行检修设备及其他人员时，方可开车。

1.4.3.2 正常运行

(1) 正常运行安全操作要点

① 振动筛的正常操作要点

a. 振动筛在无负荷情况下空载开车；

b. 接通振动筛的电源开关；

c. 待筛子运行平稳后连续给料；

d. 注意观察下料情况，保证给料连续、均匀。

② 输送皮带运转时，严禁人员从皮带输送机上方跨越；

③ 给料粒度不宜太大，以免冲坏筛网，给料方向与物料在筛面上走向一致；

④ 待筛面上物料流完后再停机，确保下次空载开机；

⑤ 工作过程中发生故障应立即停止运转，予以消除；

⑥ 其它设备按本书第 8 章设备操作规程进行操作。

(2) 生产运行记录

生产中应对下列操作指标进行控制和记录：

① 输送的各种碳素、石灰重量，输送时间；

② 石灰、生过烧、石灰粉末、硫炭块及大粒度石灰的数量；

③ 择选出的生过烧、硫炭块中合格石灰的含量不超过 5%；

④ 择选后石灰中生过烧、硫炭块等杂质不得超过 8%。

(3) 巡检要求和记录

① 检查皮带无跑偏现象；

② 皮带输送机的轴承座、电机、电滚筒或减速机无异响；

③ 在长期运行中，皮带输送机的轴承温升不得超过 70℃；

④ 皮带输送机的减速器运转时，最大油温不得超过 70℃。

⑤ 经常检查筛子的运行情况和轴承的工作温度，以及连接件的牢固情况，发现问题及时处理。

⑥ 检查气源压力是否稳定在（0.4～0.6MPa）范围，阀门是否漏气；

⑦ 观察门和检修孔是否关闭；

⑧ 风机及电机的地脚螺栓是否松动；

⑨ 检查电压显示是否正常；

⑩ 布袋骨架是否有掉袋和破袋的现象；

⑪ 对传动、支撑、挡轮装置有无异常声音、振动和发热现象。

⑫ 散尘除尘器巡查

a. 油雾器存油情况；

b. 电磁脉冲阀有无故障；

c. 各袋室是否按正常周期工作；

d. 提升阀有无故障；

e. 检修门密封条有无老化。

⑬ 其它设备按照相关设备操作规程中规定的巡检要求进行检查。

（4）交接班时按照附录 1《生产交接班管理制度》的规定进行。

1.4.3.3 停车

（1）停车操作程序

① 碳素输送线停车操作

a. 接到停车指令后，操作人员断开设备的电源；

b. 关闭碳素料仓的卸料阀；

c. 待碳素料输送完后，依次关闭皮带输送机、波纹挡边机、皮带输送机及散尘除尘器。

② 石灰输送线停车操作

a. 石灰择选停车操作程序

ⅰ. 接到停车通知后，操作人员按下择选设备的停车按钮；

ⅱ. 待石灰仓的石灰料输送完毕后，关闭石灰仓的振动给料机；

ⅲ. 依次关闭斗式提升机、振动筛、皮带输送机及散尘除尘器。

b. 石灰输送停车操作程序

ⅰ. 接到停车指令后，操作人员按下输送设备的停止按钮；

ⅱ. 关闭石灰料仓的振动给料机；

ⅲ. 待石灰料输送完后，依次关停皮带输送机、波纹挡边机、振动给料机及散尘除尘器。

（2）停车安全操作要点

① 待所有贮料仓贮满料后发出停车信号，停止给料；待设备内物料全部卸完后依次停止输送设备的运行；

② 停止设备运行后关闭散尘除尘器风机进风阀；

③ 停车后对各设备进行全面的检查。

1.4.3.4 异常情况处理

（1）故障处理

设备发生的常见故障按照各设备操作规程中常见故障处理措施进行处理。

（2）紧急停车程序

① 岗位发生下列情况时，应采取紧急停车措施

a. 散尘除尘器入口温度高于滤袋的使用温度时；

b. 引风机跳闸时；

c. 遇到火灾、触电等事故严重影响人身安全时。

② 停车程序

a. 按下停止按钮，拉下电源开关；

b. 向班长及主控人员汇报急停原因、目前状况;

c. 配合相关人员处理现场。

(3) 紧急停车安全操作要点

① 设备发生故障时应立即停止前序设备运行;

② 拉下故障设备电源开关;

③ 向电炉主控人员汇报故障情况;

④ 若发生火灾,应立即组织力量展开扑救工作,并向安全管理部门汇报。

1.4.3.5 日常检查与维护

① 按照各类设备操作规程中规定的日常检查和基本维护项目进行检查维护。

② 对滚动筛进行以下检查:

a. 经常检查筛子的运行情况和传动轴上轴承的工作温度,以及连接件的牢固情况,发现问题及时处理;

b. 定期向轴承加注钙基润滑脂,一般一个月加注一次或根据使用情况及润滑油质自行规定加油期限。润滑油脂加入量不宜过多,以免使轴承工作温度升高。轴承最高温度不得超过70℃;

c. 星型摆线减速器应定期清洗、换油;

d. 筛网与转轮应固定牢固,筛网搭接处应重叠搭接,筛网有破损时应及时更换,以免影响筛分效果;

e. 转轮应运转平稳,无噪声,无冲击现象;

f. 所有润滑点及油封不得漏油;

g. 严禁金属硬物进入转轮筛网内;

h. 启动本机前应用手盘动联轴器,手感无卡涩现象,再启动进料;

i. 停滚动筛时,应先关掉进料阀,待筛内无物料时,再停机,严禁下次带负荷启动本机。

③ 对散尘布袋除尘器的贮气罐、油水分离器应每班排液一

次，油水分离器应每隔三个月清洗一次。

1.4.3.6 电器仪表日常检查

① 注意观察检测仪表指针是否脱落或者弯曲、显示是否正常；

② 注意观察仪表盘上的二次表与现场一次表之间是否出现较大差异，二次表上手动控制是否有效，报警信号是否灵敏、正确；

③ 注意仪表气源压力是否在正常范围内，自动调节阀有无反应延迟等失效表现；

④ 注意观察电流表是否完整；电机运行声音，温度，震动是否正常；运行电流是否超过额定电流；照明是否正常；

⑤ 随时注意电器的工作状态，当电器不能正常工作时，要及时进行处理和报告，并做好相应的记录。

1.4.3.7 职业卫生

① 岗位职业危害因素

本岗位可能存在的主要职业危害因素见附录3。职业危害因素检测结果应该符合工作场所有害因素职业接触限值的要求。

② 防护措施

a. 正确穿戴劳动防护用品；

b. 在巡检设备时严禁戴手套。

c. 个人防护用品的配备可参照附录4。

③ 急救药品的配置

急救药品的数量和品种应根据岗位实际需要配备，一般情况可参照附录5配置，并且应设专人管理，保证药品的基本数量和有效期。

1.4.3.8 检修

设备的检修按照附录2《设备检修交付工作制度》进行。

2 电炉工序岗位安全操作

2.1 电炉工序概述

电炉工序主要是将来自原料工序制备好的碳素和石灰原料，按照一定的配料比配成炉料后，放入电石炉内。炉料凭借电弧热电阻热在 1800～2000℃ 的高温下反应生成碳化钙即电石，生成的熔融的电石放入电石锅内，送到冷却破碎工序。

电炉工序分为主控岗位、炉面加料岗位、炉前岗位、电极糊岗位、液压岗位。

主控岗位主要按照工艺已设定的炉料配比进行配料操作；对电炉变压器、补偿电容器进行送电和停电操作；按电炉工艺指标调节电炉变压器二次测挡位，维持三相电极负荷平衡；对配料系统、炉气除尘器系统运行状况和供电系统运行状况进行监控；同时与炉面加料岗位随时保持联系，核实现场运行情况，及时进行电极的压放操作。

炉面加料岗位负责将配合好的炉料加入到电石炉内，保持炉内炉料的高度，观察电极的焙烧状况，随时与主控岗位联系，确定电极压放长度，进行电极的压放，保持闭弧操作。

炉前岗位是根据电石炉的容量并结合实际情况，控制出炉间隔时间，将流出的熔融状态的电石装入电石锅，用卷扬机将小车转运至冷却破碎工序。

电极糊岗位负责运送电极糊，现场制作电极筒，按照生产实际情况，及时将合格的电极糊加入电极筒。

液压岗位是用液压装置为电炉电极的升降压放、电炉下料阀的开闭提供驱动力。

2.2　工艺流程简述

将原来输送工序送到碳素料贮仓、石灰贮仓内的碳素料及石灰分别经碳素称量斗及石灰称量斗按照设定的配料比自动称量，一同加入混料斗混合均匀后，用皮带输送机送入加料仓，通过加料管加入电石炉。

电石炉内的炉料在高温条件下反应生成碳化钙即电石，炉内保持微负压，从炉盖上的观察孔进入的空气与副产的一氧化碳气体在炉面燃烧生成二氧化碳，用风机将炉气从烟道抽走，去炉气除尘器除尘，或利用一部分炉气去干燥设备干燥碳素料。生成的电石定时从出炉口流到电石锅，由卷扬机将电石锅送到冷却破碎工序。

2.3　主要工艺设备

本工序主要工艺设备有：电炉炉体、电炉变压器、电极及附属设备、补偿变压器、出炉除尘器、烧穿装置、液压设备、配料设备、电极糊提升机、电动葫芦等。

控制系统主要有：电炉操作站、输送系统操作站、110kV操作站、视频监控系统。

2.4　岗位安全操作

2.4.1　主控岗位

2.4.1.1　开车

（1）开车准备

① 检查电话、电脑、监控、显示、报警装置等是否异常。

② 电石炉大修后，仪表维修工对与电炉有关的仪器仪表进行检查及调试，检修合格后方能正式使用；

③ 电炉变压器保护电源开关在工作位置，控制回路完好；机械及电气指示正确，"远方/就地"开关置于"远方"，开关弹簧已储能，110kV 操作站上开关状态显示正确，无故障报警信号；

④ 确认输送系统、配料系统、炉气除尘系统设备现场"远方/就地"开关置于"远方"。

⑤ 电炉变压器检修后需经电气技术负责人验收，检修及试验数据合格，具备带电条件，新设备投运时，安装检验及所有资料合格齐全，按新设备投运技术方案操作；

⑥ 设备安装现场通风装置良好，消防设施齐全；

⑦ 电极控制装置完好可用，按手动按钮升降电极 2 次，使电极上下活动不少于 50mm，看电极运动是否灵活，有无异响、卡阻现象；

⑧ 油压系统压力，水压，水温是否在要求范围内；

⑨ 应急烟道是否处于关闭状态；

⑩ 变压器油水冷却器是否开启，流量、水压是否正常；

⑪ 确认炉气引风机冷却水阀门是否开启，风门调整是否合适（开车时风门开度小于 10%，配风阀门关闭）；

⑫ 按工艺指标进行电炉变压器档位调节，将电极控制转至"手动"控制状态；

⑬ 确认供电岗位已做好开车前的准备（具体检查详见供电岗位操作规程）；

⑭ 通知电工合上电炉变压器中性点接地刀闸；

⑮ 原料工序是否供料。

以上操作界面检查应与现场检查同步确认。

（2）开车程序

① 在班长的指挥下，提升电极，使电极端头处于料面下400mm 内；

② 确认变压器中性点接地刀闸在合闸位置，合上电炉变开关，密切关注电流变化，送电正常后，通知炉面加料操作员工拉开电炉变中性点接地开关，并向地方电力调度回复送电完毕；

③ 根据班长指示，提升负荷，随时监控炉面压力，逐渐调整引风机进风阀门开度，保持炉面微负压；当电炉负荷增加到需求负荷时，在炉况稳定、电流波动不超过 10A、三相不平衡电流小于 5A 的情况下，将电极控制切换为"自动"方式，并随时观察电流变化。

④ 送电程序

送电程序按照图 2-1 所示流程进行。

图 2-1 送电程序

（3）开车安全操作要点

① 主控各操作界面显示与现场设备状况应一致；

② 主控人员确认各工序开车准备工作就绪。

2.4.1.2 正常运行

（1）正常运行安全操作要点

① 随时关注 DCS 控制画面数据，若发现运行负荷、功率因素等指标偏离指标要求时，立即进行手动调整；

② DCS 系统有报警信号时，及时通知电气人员进行处理，

必要时采取紧急停车措施；

③ 随时关注外线电压情况，当外线电压发生变化，偏离工艺指标要求时，立即与电力调度联系，进行协调处理；

④ 在操作过程中，如电脑故障，应立即切换电脑进行操作，并通知仪表人员进行处理；

⑤ 在带电压放电极后，如电极偏软严禁升负荷过快。

（2）生产运行记录

① 每小时记录一次外线电压，入炉负荷、功率因素；

② 记录高配比、调和料的时间、数量；

③ 记录压放电极时间、压放长度；

④ 记录异常情况发生时间，异常情况内容，处理措施。

（3）巡检要求和记录

相关岗位联系情况的记录。

（4）交接班时按照附录1《生产交接班管理制度》的规定进行。

2.4.1.3 停炉

（1）停炉操作程序

① 停止补偿电容，如补偿电容有分组，应逐组退出；

② 缓慢降低电炉负荷至正常运行负荷50%；

③ 合上电炉变压器中性点接地刀闸；

④ 断开电炉变压器配电开关；

⑤ 调整电极深入炉底；

⑥ 通知原料工序停止供料；

⑦ 主引风机在电炉停炉1h后，停止主引风机运行，停止炉气除尘器清卸灰系统运行；

⑧ 打开应急烟道；

⑨ 通知循环水岗位停止供水。

（2）停炉安全操作要点

① 在降低电炉负荷时应对三相电极依次降低挡位，严禁三相电极任意两相挡位差超过 2 挡；

② 负荷应降到正常运行负荷的 50％方可停车；

③ 停炉后严禁立即断水，防止冷却设备烧坏；

④ 停炉后应每隔 1h 手动升降电极一次，防止电极与炉料粘连。

2.4.1.4　异常情况处理

（1）故障处理

常见故障的处理见表 2-1。

（2）紧急停车程序

发生下列情况，可以采取紧急停车措施。

① 导电系统有严重放电现象或发生短路；

② 炉面设备大量漏水；

③ 出炉时炉槽漏水，引起严重爆炸；

④ 炉壁及炉底严重烧穿；

⑤ 变压器室及油冷却室发生严重故障；

⑥ 液压系统发生大量漏油、压力下降油泵打不起压，把持器突然全松；

⑦ 电石炉冷却水突然中断；

⑧ 仪表失灵，无法维持正常操作和危及生产安全时；

⑨ 电极发生软、硬断事故，大量液态电极糊外流，压放电极时发生打滑，根据班长指示紧急停车；

⑩ 冷却系统停水或严重漏水，油压系统失压或高压油管破裂，以至严重漏油；循环水压低于 0.1MPa，油压系统低于 5MPa，把持器压力低于 4MPa；

⑪ 电炉发生大塌料，重大设备、操作事故以及其它危及操作人员人身安全的事故，根据班长指示紧急停车；

⑫ 电流突然上涨或下降达 30A，且无法控制；

表 2-1 常见故障的处理

序号	现象	原因	处理方法
1	仪表数据波动大或操作时仪表数据不动	电气线路接触不良或接错	及时报告班长，通知电工或仪表工处理
		仪表本身出现故障	
2	继电器工作时，声音异常	电脑故障	及时通知电工处理
		继电器线圈故障或螺丝松动	联系仪表相关人员处理
3	控制电脑死机，程序异常	电脑软硬件故障	降低操作电流
4	功率因素偏低	超电流	联系供电部门
		供电质量下降	调整补变挡位，提高电容器电压
		补偿电容电压偏低	
5	计量显示不准确	计量秤故障	通知仪表处理
6	发现有冒烟，异味等	线路故障、短路	紧急情况时，切断电源，通知电工处理
7	高压站监控机运行数据不刷新	监控系统全部或部分通信中断	重新启动，不能处理时尽快通知专业人员进行处理
8	运行中的开关出现状态变位（由合闸显示分闸）	1)开关不明原因分闸；2)开关直流电源失电；3)开关辅接点故障，信号误发	检查运行电流是否正常，电流正常说明状态信号误发；通知检修人员处理
9	监控机在运行中突然退出运行，重新启动机仍不能恢复	监控系统故障	立即报告电调或电气负责人，安排电气人员在现场进行监视和操作

25

⑬ 发生火灾等自然灾害时；

（3）紧急停车程序

① 立即按下电炉变压器"紧急停止"按钮；

② 向当地电力调度汇报急停原因、目前状态和处理措施。

2.4.1.5　日常检查与维护

（1）出现仪表、电器、设备或线路有焦臭味或烟雾等现象，应立即报告班长并联系电工、仪表工处理；

（2）在生产运行过程随时注意仪表的工作状态，当仪表不能正常工作时，要及时报告和进行处理；

（3）随时关注主控室内温度及时调节，确保温度在 20～25℃，相对湿度＜80％，地面、操作台无积水；

（4）每班保持操作台及其它设备清洁。

2.4.1.6　电器仪表日常检查

（1）注意观察检测仪表指针是否脱落或者弯曲、显示是否正常；

（2）注意观察仪表盘上的二次表与现场一次表之间是否出现较大差异、二次表上手动控制是否有效、报警信号是否灵敏、正确；

（3）注意气源压力是否在正常范围内，自动调节阀有无反应延迟等失效表现；

（4）注意观察电流表是否完整、电机运行声音，温度，震动是否正常、运行电流是否超过额定电流，照明是否正常；

（5）随时注意电器的工作状态，当电器不能正常工作时，要及时进行处理和报告，并做好相应的记录。

2.4.1.7　职业卫生

（1）岗位职业危害因素

本岗位可能存在的主要职业危害因素见附录 3。职业危害因素检测结果应该符合工作场所有害因素职业接触限值的要求。

（2）防护措施

① 正确穿戴劳动防护用品；

② 在巡检设备时严禁戴手套。

③ 个人防护用品的配备可参照附录4。

（3）急救药品的配置

急救药品的数量和品种应根据岗位实际需要配备，一般情况可参照附录5配置，并且应设专人管理，保证药品的基本数量和有效期。

2.4.1.8 检修

设备的检修按照附录2《设备检修交付工作制度》的规定执行。

2.4.2 炉面加料岗位

2.4.2.1 开车

（1）开车准备

① 正确穿戴个人防护用品。

② 检查电炉水分配器水压、流量是否在工艺要求范围内，检查电炉冷却系统是否漏水。

③ 检查电炉炉盖、炉内无杂物。检查系统绝缘是否合格，如绝缘不合格应及时进行处理直至合格为止。

④ 检查电极控制装置系统油管是否漏油，电极控制装置是否有异物。通知主控室手动按钮升降电极2次，使电极上下活动至少50mm，注意观察电极运动是否灵活，有无异响，卡阻现象。

⑤ 接到送电指令后，立即检查现场，确认供水，供电正常，原料是否到位，仪表显示是否正常。电炉变压器油压是否正常、中性点接地开关是否合上，循环水水压是否在指标范围内。

（2）开车程序

炉面加料岗位开车有新开炉及日常开车两种开车情况。

① 新开炉开车程序（指电石炉内需重新填装炉料后的开车）

a. 技术部门在开炉前做好开炉方案，包括技术保障措施、开炉步骤、安全应急预案等（若为新砌电炉，则需要根据砌筑技术要求，并在专业人员的指导下进行烘炉处理）。

b. 在班长和专业技术人员的指导下，完成假炉门砌筑、焦柱制作、装料等工作。并报技术部门，由技术部门验收合格后，对岗位进行检查，确保所有电器、仪表、设备处于正常工作状态，水、电、油压管道畅通、无泄漏，声光信号显示准确，各类操作控制开关灵敏无误。由班长进行详细检查核实，在确定具备开车条件后方可进行下一项工作。

c. 加料人员回复主控人员，加料岗位已做好开炉准备工作。

d. 在主控人员已做好相应的协调联系工作后，回复班长，可以开车。本岗位只有在接到班长的开车指令后，方可进行开车工作。

e. 开车后启动压风系统。

f. 主控人员启动压风机、主引风机，关闭应急烟道时，加料人员应密切关注炉内情况，确定引风量、炉内负压满足工艺要求。

g. 在班长指挥下，将电极长度压放到 1500～1600mm，并进行空送试验三次。

ⅰ. 静态：电极离焦柱 100mm 以上，接通电源，但电极不动作；

ⅱ. 动态：电极离焦柱 100mm 以上，接通电源，电极上下动作（可单相接触焦柱）；

ⅲ. 联动：电极离焦柱 100mm 以上，接通电源，电极不动作，从最低挡到最高挡，及在常用挡第 6～10 挡进行调挡操作，观察二次电压是否跟随挡位变化，与变压器工艺指标相符，变压器挡位是否正确。

h. 在空送试验完成，确定无短路、刺火、发红等现象，各仪表、变压器正常。系统安全后，回复主控室。

i. 在班长指挥下，将电极提离焦柱 100mm 以上送电。将电极按顺序落至焦柱，不得起弧。送电后，逐步添加原料，以保持焦柱不熔化倒塌。当原料添加到与焦柱持平时，按有弧就加料的原则进行加料。

j. 在班长的指挥下，根据新开炉提升负荷控制指标逐步提升负荷。并随时观察炉面压力情况，以保持炉面微负压，反馈主控室增加或减少引风机负荷。

k. 开炉完成。

② 日常开炉程序（指短时停炉、炉内有料的开车）

a. 班长通知主控人员已做好开车准备，由主控人员向电力调度申请送电。在主控人员做好相应的协调工作后，回复班长，可以开车。

b. 在主控岗位已做好相应的协调联系工作，得到班长的指令后，启动压风系统。

c. 主控人员启动引风机，关闭应急烟道，根据炉面加料工提供的炉内情况调整引风机开度，保证炉内负压在 $-20 \sim -50Pa$ 内。

d. 班长根据开炉时电炉具体情况向主控人员提供开车挡位要求，主控人员进行调挡操作。

e. 在班长的指挥下，主控人员提升电极，使电极裸露部分高于料面 500mm；送电操作过程中，应注意观察有无刺火、短路等异常现象。送电后 10min 无异常情况下，待变压器挡位升至满负荷的 30% 左右时通知主控人员投入电容补偿。

f. 根据炉温情况，及时反馈主控室，提出负荷提升要求，主控操作员在工艺指标范围内按要求逐步提升到满负荷。

g. 随时根据炉面压力情况，联系主控人员增、减引风机负荷以能将炉面烟尘完全收集为标准，保持炉面微负压。

（3）开车安全操作要点

① 开车前应检测电炉设施绝缘良好；

② 炉盖上无杂物；

③ 炉盖冷却系统无漏水现象；

④ 电极把持器液压管道无泄漏；

⑤ 电极升降灵活，无卡阻现象；

⑥ 变压器冷却水压应小于油压。

2.4.2.2 正常运行

（1）正常运行安全操作

① 每天对集灰斗进风口、集灰斗积灰进行清理，保证积灰高度不超过 100mm。

② 对炉面进行疏松，中心料管区域离炉墙砖的硬壳不得超过 300mm，其余区域的硬壳不得超过 500mm。

③ 保持闭弧操作，当炉面红料较多、熔池缩小、电极上抬、炉温下降的情况下，经主控人员同意后可适当进行干烧，扩大吃料口，切断支路电流，但干烧时应尽量做到不露明弧，铜瓦严禁埋入料层。

④ 根据炉料混合均匀情况，联系主控人员调节振动给料机频率。保持料面疏松，当发现生成硬壳时，及时进行疏松处理。

⑤ 随时与炉前岗位、主控岗位联系，当配比过高，电极上抬，出炉电石发气量较高时（>300L/kg），经请示同意后，可适度降低配比，以减少支路电流，扩大熔池，使电极能深入炉内做功。

⑥ 电极焙烧正常时，维持电极的工作长度为 1100～1400mm，深入炉内深度 1000～1300mm，应保持电极稳定。

⑦ 压放电极必须在出完炉、加完料后进行。

⑧ 压放电极的长度应严格控制，放完电极后，当电极焙烧过硬或过软时，应缓慢增加电流。

⑨ 不可在电极筒发黑及流出沥青油的情况下压放电极。

⑩ 应经常观察注意电极的焙烧情况，并反馈主控岗位和电极糊岗位。

⑪ 严禁使碳素材料或其它导电材料塞在把持器和导电鄂板之间，以及锥环和水套之间，如发生此现象要及时清除，以免造成刺火。

⑫ 推料时推耙不得同时接触任意两根电极。

⑬ 发现导电鄂板刺火，要及时采取措施，使导电鄂板与电极紧固接触。

⑭ 带负荷时严禁上炉盖。检查电极时，应保持炉内负压，严禁加料工正对测量孔，防止火焰喷出伤人。

（2）生产运行记录

① 及时记录投加高配比、调和料数量、时间；

② 检查完料面设备后立即填写炉面设备状况；

③ 及时记录设备故障时间、处理方式。

（3）巡检要求和记录

对电炉小力缸、锥环、定向大套、筒瓦、炉盖板等冷却设施每两小时进行一次检查并做好记录。

（4）交接班时按照附录 1《生产交接班管理制度》的规定进行。

2.4.2.3 停车

（1）停车操作程序

接停电通知后，立即报告班长（包括停电原因、停电时间等）。由班长观察电炉情况，无异常时通知主控人员做好停车准备。

① 提升电极，将负荷降到当前负荷的 50％；

② 通知主控人员停电；

③ 停电后，把电极缓慢降到下限位，再提升 50mm，并通知班长。观察电极在下降过程中有无异响、卡阻等现象；

④ 停炉时间在 2h 以上，经观察炉面无大量烟气产生，在不影响环境的前提下，通知主控人员打开应急烟道，停主引风机、压风机；

⑤ 停电时间超过 4h，为防止电极与炉料黏结，应按班长指示定期升降电极，主控操作员按电极下降按扭，使电极处于下限位状态，再按电极提升按钮，使电极略为上升，离开下限位；停电后 4h 内每半小时活动一次，4～8h 每两小时活动一次，8h 以后不再需要活动。在活动电极过程中，要密切关注电极状态，有无异响，断裂等；

⑥ 若停电时间超过 7 天或者需要清炉时，操作人员要控制电极长度在 1000mm 左右，并将炉面粉尘多的红料推至电极根部熔化，设法使电极深入炉内以扩大熔池，排除残渣。可适当加入副石灰，以使炉料尽量排出，并在停炉后用钢绳将电极抱住，以防电极下滑。

（2）停炉安全操作要点

① 停电前，一至两个班的操作人员应控制电极长度在 1200～1400mm，并将炉面粉尘多的红料推至电极根部熔化，设法使电极深入炉内以扩大熔池，排除残渣，防止电极与电石黏结。

② 停电后把电极降至炉底，将导电颚板下部露出料面的电极用炉料捂好以保温，防止电极氧化。

③ 在停电后 8h 之内不得关停冷却水，以免烧坏设备。

2.4.2.4 异常情况处理措施

（1）故障处理

常见故障及其处理方法见表 2-2。

表 2-2　常见故障处理

序号	现　象	原　因	处　理　方　法
1	电极把持器、导电卡子、软母线发生刺火或绝缘破坏	接触不良,绝缘材料使用时间久或烧坏	紧固或更换绝缘,严重时应停电检修
2	电极过早炭化	放电极不及时,火焰窜入导电卡子上部电极夹持器内	根据原因适当处理
3	电极周围生成硬壳	电极不下或崩出电石	把硬壳挖出,打碎成小块填入电极周围
4	水压降低,出水管冒蒸汽	冷却水管断或堵塞	降低负荷,加大批料压火,必要时停车处理
5	电极硬断	(1)电极糊挥发分少,灰分高,导致电阻大。 (2)停电后,电极内套没加盖而混入杂物或灰尘,使电极糊烧结分层。 (3)停电次数多,冷却时间长,长时间停电,电极端头没盖好而氧化严重,检修时喷水多。 (4)送电时负荷增加太快	如电极断头很长且没有倾斜在炉内,可把导电卡子放下,将断头夹起,继续进行生产;如电极断头不长,无法把电极断头夹起,应拔掉断头或将其压入炉内,并适当放大电极进行高负荷焙烧,焙烧结束后在该相电极根部加调和外石灰
6	电极软断	(1)电极糊挥发分偏高。 (2)电极欠烧或压放超量。 (3)放电极时间间隔短或放太长。 (4)放电极时,负荷降太少或没降,尔后负荷又增加太快。 (5)电极内套制作不精,引起裂缝。 (6)电极内套与卡子接触不良引起刺火烧破铁皮	(1)立即停电。 (2)迅速降电极并加料埋住,不使电极糊往外流,使断头不偏歪。 (3)观察断头可否夹起,如能夹起,即应松开导电卡子把断头夹起,继续生产,缓慢增加负荷并注意电极焙烧。 (4)如不能把断头夹起,把掉周围的电极糊,把新电极紧贴在断头上,吊起其它两相电极,继续生产,缓慢增加负荷并注意电极焙烧。 (5)如软断严重,电极筒大的液态电极糊大量流走,应焊上端头盖,重新添加粒度较小的电极糊,然后再按第(4)条方法进行高负荷焙烧或星接法焙烧电极

序号	现　象	原　因	处 理 方 法
7	炉面冒电石	(1)出炉不正常,不能及时排出电石。 (2)刚送电,炉温低,熔池没有形成,三相不通。 (3)电极偏短。 (4)电极同心圆直径偏小,三相电极排列不合适	(1)正常出炉时可灵活掌握出炉时间。 (2)提高炉温,适当干烧。 (3)单相处理。 (4)减少投炉料,降低料面。 (5)放长电极。 (6)调整合适的同心圆

(2) 紧急停炉程序

① 遇到下列紧急情况时,可以不经请示,直接采取紧急停炉。

a. 导电鄂板等设备严重刺火或母线短路;

b. 炉面冷却系统严重漏水或冷却水管突然断水可能引起炉内爆炸;循环水压低于 0.15MPa;

c. 油压系统的油管断裂,严重漏油;

d. 电极软断,硬断;

e. 遇到火灾、触电等事故严重影响人身安全时;

f. 电炉发生大塌料,重大设备、操作事故以及其它危及操作人员人身安全的事故时;

g. 电流突然上涨或下降达 30A,且无法控制。

② 紧急停车程序

a. 发现上述紧急情况后,可立即按下炉面加料岗位现场电炉变压器"紧急停止"按钮。

b. 向主控人员汇报急停原因,目前状况;

c. 配合相关人员处理现场。

(3) 紧急停车安全操作要点

① 断开电炉变压器电源;

② 炉内设备大量漏水时应立即关闭进水阀门。

2.4.2.5　日常检查与维护

（1）定时清扫把持器油缸粉尘，保证油压动作灵活；

（2）检查炉面四周的耐火砖有无上浮下沉或冒火现象；

（3）检查把持器、导电颚板、炉罩等通水部位及各水管、阀门装置有无跑、冒、滴、漏或损坏，有则及时处理，避免炉内进出水造成严重事故；

（4）阀门的螺杆要保持润滑状态，确保开关灵活。

2.4.2.6　电器仪表日常检查

（1）注意观察检测仪表指针是否脱落或者弯曲、显示是否正常；

（2）注意观察仪表盘上的二次表与现场一次表之间是否出现较大差异、二次表上手动控制是否有效、报警信号是否灵敏、正确；

（3）注意气源压力是否在正常范围内，自动调节阀有无反应延迟等失效表现；

（4）注意观察电流表是否完整、电机运行声音，温度，震动是否正常、运行电流是否超过额定电流，照明是否正常；

（5）随时注意电器的工作状态，当电器不能正常工作时，要及时进行处理和报告，并做好相应的记录。

2.4.2.7　职业卫生

（1）岗位职业危害因素

本岗位可能存在的主要职业危害因素见附录3。职业危害因素检测结果应该符合工作场所有害因素职业接触限值的要求。

（2）防护措施

① 正确穿戴劳动防护用品；

② 根据料面情况调整引风机开度，减少高温炉气外溢；并调整炉盖冷却水流量，加完料后立即关闭推料操作孔，减少炉面

热量辐射，并开启移动式排风扇，加强空气流通，降低工作环境温度。

③ 个人防护用品的配备可参照附录4。

（3）急救药品的配置

急救药品的数量和品种应根据岗位实际需要配备，一般情况可参照附录5配置，并且应设专人管理，保证药品的基本数量和有效期。

2.4.2.8　检修

设备的检修按照附录2《设备检修交付工作制度》的规定执行。

2.4.3　炉前岗位

2.4.3.1　开车

（1）出炉准备

① 检查烧穿装置操作杆、绝缘手轮是否灵活，安放炭精棒处的瓦盖是否完好；

② 检查出炉小车是否完好；

③ 检查电石锅之间的链条插销是否脱落、断裂，锅内是否铺垫焦煤粉；

④ 检查出炉轨道地脚螺栓是否松动，轨道上有无异物，轨道是否变形；

⑤ 检查出炉卷扬机运转是否正常，钢绳是否有断丝、接头是否规范；

⑥ 出炉前准备好出炉所用的工具：氧气、圆钢、六棱空心钢、堵耙、堵铲；

⑦ 检查出炉导向轮是否转动灵活，有无异物。

（2）出炉程序

① 开启出炉除尘器，待出炉风机控制柜电流切换到正常位

置后，缓慢开启风机进风调节阀，使清灰装置转入自动程序清灰状态。

② 启动烧穿电极电源，用烧穿电极打开出炉口，用圆钢深入出炉口内进行疏通，让电石流出。出炉口太小或深度不够，可用烧穿装置适当扩大出炉口，完成此项操作后，应及时关闭烧穿电极电源。

③ 用圆钢疏通出炉口不断将通道障碍物扒掉，使电石顺利流出。

④ 按标准每装好一电石锅后应及时开动卷扬机，拉走装好电石的小车，将下一口待装电石锅对准出炉口。

⑤ 电石基本出完后用圆钢清理掉出炉槽内冷却电石。

⑥ 把泥球放在托铲上送至喇叭形的出炉口，用堵耙慢慢地将泥球推入炉口内压住，直到没有电石流出为止。

⑦ 准备下一炉出炉操作。

（3）出炉安全操作要点

① 出炉槽烧穿时应立即关闭冷却水阀门；

② 在出炉引流时操作人员严禁正对出炉口；

③ 出炉时任何人员严禁跨越出炉轨道；

④ 出炉口及轨道附近地面应保持干燥，严禁有积水现象。

2.4.3.2　正常运行

（1）正常运行安全操作

① 用烧穿电极打开出炉口时，严禁使用湿手套和接触导电物体。

② 出炉时，禁止操作人员进入挡热板区域内做任何工作。在用烧穿装置打开炉眼时，禁止其他人员站在操作人员后面。

③ 严禁使用水分较多的泥球来堵出炉口，严禁使用受潮的焦煤粉铺垫电石锅。

④ 疏通出炉的圆钢必须保证长度＞6m。

⑤ 在用圆钢疏通出炉口时，炉台后面严禁站人。

⑥ 电石小车运行时，两旁黄色警戒线内禁止站人。

⑦ 保持电石小车平稳运行。

⑧ 一般情况不准用氧气打炉眼，特殊情况必须使用氧气时应严格执行以下规定：

a. 吹氧气时应与炉面加料工联系；

b. 使用干燥无油污的软胶管；

c. 正确使用安全手柄，氧气瓶应离炉嘴 10m 以外，氧气胶管距离挡热板不得小于 5m；

d. 三人配合操作，一人打眼，一人扶握吹氧管和胶管，一人开氧气。先以小气量吹扫管内异物，确认吹氧管畅通无异物后才能开始打眼；在进行吹氧操作时，吹氧管可能触及的区域禁止站人，防止意外伤人；

e. 氧气不能急开急关，流淌电石后不准再吹氧气。

（2）生产运行记录

① 及时做好每次出炉时间、出炉电石数量、质量分析数据的记录；

② 做好设备检查记录及联系维修记录。

（3）巡检要求和记录

每小时应对烧穿电极、炉槽、隔热挡火板、出炉轨道、出炉卷扬机、烟道管、水分配台、出炉除尘器进行一次检查并做好检查记录。

（4）交接班时按照附录 1《生产交接班管理制度》的规定进行。

2.4.3.3　停止出炉

（1）停止出炉操作程序

当电石出炉完成后，应进行以下操作：

① 用泥球堵好出炉口；

② 把出炉槽上的电石清理干净；

③ 启动卷扬机把电石锅拖运至冷却厂房；

④ 停出炉除尘器；

⑤ 关闭出炉除尘器风机阀门；

⑥ 准备下一炉出炉操作。

（2）停止出炉安全操作要求

① 堵炉前应准备好泥球；

② 在出炉槽下方摆放至少3口空电石锅；

③ 停出炉除尘器后应关闭出炉风机前阀门。

2.4.3.4 异常情况处理措施

（1）故障处理

常见故障及其处理方法见表2-3。

表2-3 常见故障处理

序号	异常现象	原　因	处理方法
1	炉底杂质沉积过多，打不开出炉口	原料中金属氧化物等杂质沉积于炉底	适当提高出炉口中心位置，少投炉料干烧，使炉内杂质熔化排除
2	出炉除尘器布袋烧坏或燃烧	烟气温度过高	更换损坏布袋，调整混风阀连锁控制温度

（2）紧急停车

① 遇到下列紧急情况时，可以不经请示，直接采取紧急停车措施：

a. 出炉口堵不住时；

b. 冷却系统漏水有较大安全隐患时；

c. 电石小车翻轨或电石锅被硅铁烧穿影响正常操作时。

② 紧急停车步骤

a. 通知主控人员进行紧急停车；

b. 断开出炉口冷却水。

（3）紧急停车安全操作要点

出炉槽漏水时，应立即断开出炉槽冷却水。

2.4.3.5 日常检查与维护

（1）检查炉壁各连接处有无喷火现象，螺栓是否断裂，炉门和炉嘴是否漏水或松脱，炉体（包括炉底）是否有无过热发红，冷却水是否畅通；

（2）烧穿出炉口的时间要适当控制，通电时间不宜过长，避免将把母线及绝缘胶皮破坏；

（3）检查钢丝绳有无断裂，绳卡是否坚固、打结、交缠或碰到障碍物，钢绳有断裂时须及时更换；

（4）检查出炉轨道是否变形，所有滑轮是否正常灵活；

（5）卷扬机绳筒、轴瓦及减速器应定期加油润滑；

（6）出炉除尘器更换滤袋时，应将该仓脉冲阀电信号线拆除，更换完毕后恢复接电信号线或关闭系统风机。

2.4.3.6 电器仪表日常检查

（1）注意观察检测仪表指针是否脱落或者弯曲、显示是否正常；

（2）注意观察仪表盘上的二次表与现场一次表之间是否出现较大差异、二次表上手动控制是否有效、报警信号是否灵敏、正确；

（3）注意压缩空气压力是否在正常范围内；

（4）调节阀有无反应延迟等失效表现；

（5）注意观察电流表是否完好、电机运行的声音，温度，震动是否正常、运行电流是否超过额定电流，照明是否正常；

（6）随时注意电器的工作状态，当电器不能正常工作时，要及时进行处理和报告，并做好相应的记录。

2.4.3.7 职业卫生

（1）岗位职业危害因素

本岗位可能存在的主要职业危害因素见附录3。职业危害因素检测结果应该符合工作场所有害因素职业接触限值的要求。

（2）防护措施

① 正确穿戴劳动防护用品；

② 个人防护用品的配备可参照附录4。

（3）急救药品的配置

急救药品的数量和品种应根据岗位实际需要配备，一般情况可参照附录5配置，并且应设专人管理，保证药品的基本数量和有效期。

2.4.3.8 检修

设备的检修按照附录2《设备检修交付工作制度》的规定执行。

2.4.4 液压岗位

2.4.4.1 开车

（1）开车准备

① 将液压泵及油箱灌满油；

② 运行液压泵的电气开关应放在"手动"位置；

③ 各阀件是否处于良好状态，电磁换向阀是否正常；

④ 开启泵出口阀，关严泵进口阀及细滤器进口阀；

⑤ 手动盘车检查液压泵有无卡阻现象；

⑥ 吸入管是否漏入空气；

⑦ 液压泵转动方向是否正确；

⑧ 蓄能器组氮气置换操作

a. 接通氮气瓶；

b. 打开蓄能器总管截止阀，氮气进口阀，蓄能器底部及总管排放阀；

c. 开启蓄能器顶部阀门通入氮气置换蓄能器内空气；

d. 置换结束后，关闭蓄能器底阀及总管排放阀，充氮气至5MPa，最高不超过7MPa；

e. 关闭氮气进口阀及蓄能器顶部阀门。

（2）开车程序

① 开启液压泵进出口阀门。

② 启动液压泵，电磁溢流阀卸载，运转3～5min。

③ 待总管压力与泵出口压力平衡后，开启蓄能器底部阀，往蓄能器加入压力，当加压上升到高压13MPa停液压泵，低压5MPa时启动液压泵。

④ 将液压泵开关由"手动"转为"自动"。

（3）开车安全操作要点

液压泵应先手动启动，运行正常后方可转至自动运行。

2.4.4.2 正常运行

（1）电极压放

液压岗位接到炉面操作工压放电极指令后，进行电极压放。电极压放步骤分自动及手动两种方式。

① 电极手动压放步骤

a. 选择开关位置到"压放"；

b. 摩擦环开关位置到"上松"；

c. 压放立缸开关位置到"上升"；

d. 压放立缸开关位置到"停"；

e. 摩擦环开关位置到"紧"；

f. 摩擦环开关位置到"下松"；

g. 把持器开关位置到"半松"；

h. 压放立缸开关位置到"下降"；

i. 压放立缸开关位置到"停"；

j. 把持器开关位置到"紧"；

k. 摩擦环开关位置到"紧"；

l. 选择开关位置到"停"。

② 电极自动压放步骤

a. 把电极压放开关由就地切换到远程控制；

b. 在 DCS 自动控制画面上点击电极压放；

c. 电极压放完成。

（2）电极上拔

电极上拔步骤分自动及手动两种方式。

① 电极手动上拔操作步骤：

a. 选择开关位置到"上拔"；

b. 摩擦环开关位置到"半松"；

c. 把持器开关位置到"半松"；

d. 压放立缸开关位置到"上升"；

e. 压放立缸开关位置到"停"；

f. 把持器开关位置到"紧"；

g. 摩擦环开关位置到"紧"；

h. 选择开关位置到"停"。

② 电极自动上拔操作步骤：

a. 把电极上拔开关由就地切换到远程控制；

b. 在 DCS 自动控制画面上点击电极上拔；

c. 电极上拔完成。

（3）正常运行安全操作

① 严禁在油压室无证动火作业；

② 随时关闭油压站安全门，防止粉尘进入油压室，影响电磁阀正常工作；

③ 当油压室着火时，只能用干沙或者干粉灭火器进行灭火；

④ 压放电极时必须与炉面加料岗位、主控岗位保持联系，压放后需跟炉面加料岗位复核电极是否压放完成；

⑤ 压放电极时应注意油压是否正常，如压放过程中油压突

然下降，应立即停止压放操作。

（4）生产运行记录

① 电极压放长度、压放时间；

② 液压系统压力。

（5）巡检要求和记录

每 2h 对液压室、电极升降系统、加料阀、应急烟道液压缸、油压进行一次检查，并做好检查情况记录；

（6）交接班时按照附录 1《生产交接班管理制度》的规定进行。

2.4.4.3　停车

（1）停车程序

① 液压泵开关由"自动"转为"手动"位置；

② 停液压泵；

③ 关闭滤油器进口阀及蓄能器底阀；

④ 液压泵卸载；

⑤ 关闭液压泵进出口阀；

⑥ 设备检修及停电时间较长时应进行系统卸载。

（2）停车安全操作要点

① 液压泵转换开关必须打到"停止"；

② 储能器必须泄压。

2.4.4.4　异常情况处理

（1）故障处理

常见故障及处理方法见表 2-4。

（2）紧急停液压泵程序

① 遇到下列紧急情况时，可以不经请示，紧急停液压泵

a. 设备发生紧急故障、火灾或其它危及设备、生产、人身安全事故时；

表 2-4 常见故障处理

序号	现 象	原 因	处理方法
1	油泵无法启动	熔断器烧掉;切换开关转向错误;电接点压力表失灵	启动备用泵,检查电气、仪表装置并消除故障
2	油泵压力不够	油箱油位过低;滤油器堵塞;管道及阀门严重漏油;用油错误,黏度太低;溢流阀失灵	油箱内补充新油,清洗滤油器,停车处理漏油,配黏度高的油,检查、更换压力表
3	油泵无法停止	电接点压力表失灵;溢流阀松动;系统严重漏油	检查、更换压力表,调整溢流阀并固定,停车处理漏油
4	系统压力下降,油泵启动频繁	系统漏油;蓄能器氮气太少;电磁阀没有完全恢复	检查泄漏点、消除漏点,充装氮气,清洗电磁阀,更换复位弹簧
5	电磁阀失灵	油太脏、阀芯卡死;电磁铁线圈烧坏;复位弹簧疲劳	检查滤油器,必要时停车换油,更换线圈、弹簧
6	高压软管破裂	绝缘破坏、刺火;使用周期太长	关闭进油截止阀,系统应立即停电,处理好绝缘、装配新软管,平时要定期更换

b. 液压室着火或发生爆炸、危及生产时;

c. 液压系统突然失压时;

d. 液压管道爆裂时。

② 紧急停车步骤

a. 切断液压泵工作电源;

b. 打开泄压阀泄压;

c. 立即向主控人员汇报并联系检修人员进行处理。

(3) 紧急停车安全操作要点

立即通知主控人员停电炉变压器。

2.4.4.5 日常检查与维护

(1) 电磁阀及蓄能器卸荷阀是否正常;

(2) 液压系统是否泄漏;

(3) 油泵声音是否正常;

（4）大立缸是否垂直，运动是否正常，密封有无泄漏；

（5）高压软管、管接头有无泄漏；

（6）管道有无泄漏；

（7）操作台按钮位置是否正确，指示灯是否正常；

（8）加料阀、软管有无泄漏；

（9）上、下摩擦油缸，压放缸运动是否正常；

（10）软管、管接头有无泄漏。

2.4.4.6　电器仪表日常检查

（1）注意观察检测仪表指针是否脱落或者弯曲、显示是否正常；

（2）注意观察仪表盘上的二次表与现场一次表之间是否出现较大差异、二次表上手动控制是否有效、报警信号是否灵敏、正确；

（3）调节阀有无反应延迟等失效表现；

（4）注意观察电流表是否完好、电机运行的声音，温度，震动是否正常、运行电流是否超过额定电流，照明是否正常；

（5）随时注意电器的工作状态，当电器不能正常工作时，要及时进行处理和报告，并做好相应的记录。

2.4.4.7　职业卫生

（1）岗位职业危害因素

本岗位可能存在的主要职业危害因素见附录3。职业危害因素检测结果应该符合工作场所有害因素职业接触限值的要求。

（2）防护措施

① 正确穿戴劳动防护用品；

② 个人防护用品的配备可参照附录4。

（3）急救药品的配置

急救药品的数量和品种应根据岗位实际需要配备，一般情况可参照附录5配置，并且应设专人管理，保证药品的基本数量和有效期。

2.4.4.8 检修

设备的检修按照附录2《设备检修交付工作制度》的规定执行。

2.4.5 电极糊岗位

2.4.5.1 开车

(1) 开车准备

① 确定库房有足够的电极糊存贮量；

② 检查电极筒是否焊接完毕，质量符合要求；

③ 提升井是否完好可用。

(2) 开车程序

① 确定电极筒内的电极糊高度是否在规定范围内；

② 准备好足量的电极糊；

③ 清扫电极糊上粉尘后，投加进电极筒内。

(3) 开车安全操作要点

① 根据电极糊消耗情况，添加电极糊数量至规定范围内；

② 电极糊应一块一块进行添加，防止电极糊在电极筒内架空；

③ 添加完电极糊后在电极筒外壁做好刻度记录。

2.4.5.2 正常运行

(1) 正常运行安全操作要点

① 及时添加电极糊，防止添加电极糊的位置时高时低；

② 防止电极筒的铁板太薄或太厚，保障焊接质量符合要求；

③ 添加电极糊时严禁身体同时接触任意两相电极；

④ 禁止任何人乘电极糊提升机上下；

⑤ 提升机运行时严禁伸头进入提升井内检查运行状况；

47

⑥ 提升机严禁超载，物料在吊厢内应均匀分布，不得超出吊厢。

（2）生产运行记录

① 记录每次电极糊添加量、添加时间；

② 电极糊提升机、电动葫芦等设备运行情况、故障处理时间、处理措施情况；

（3）巡检要求和记录

① 定期检查提升机钢绳、吊厢、安全钳等设施是否正常并做好记录；

② 电极筒外壁上电极糊刻度下降的情况；

③ 电极糊有足够的中转量。

（4）交接班时按照附录1《生产交接班管理制度》的规定进行。

2.4.5.3 停车操作

（1）停车操作程序

① 停止向电极筒内投加电极糊。

② 停止转运电极糊；

③ 用罩子罩住电极筒，防止粉尘进入电极筒内。

（2）停车安全操作要点

① 堆码好电极糊，并做好防尘措施。

② 应固定好电极筒，防止电极下滑。

2.4.5.4 异常情况处理

故障处理见表2-5。

表 2-5　常见故障处理

故障现象	原　　因	处　　理
提升井不动作	(1)未通电； (2)电气故障	(1)接通电源； (2)联系电工处理

2.4.5.5 日常检查与维护

(1) 紧固各导轨连接板、导轨支座，并清洁；

(2) 紧固安全钳钢丝绳夹；

(3) 吊厢是否变形，倾斜；

(4) 曳引电动机前后端滑动轴承处有无发热情况；

(5) 曳引机前后端盖处有无发热及异常情况；

(6) 曳引机电动机前后端滑动轴承（铜衬套）的油质和油位，前后端滑动轴承每年清洗换油一次；

(7) 当工作的钢丝绳上出现锈迹或绳上凝集着大量的污物，为消除锈蚀和消除污物对钢丝绳的腐蚀破坏，应拆除钢丝绳进行清洗除污保养；

(8) 对卷筒或滑轮的绳槽也应经常清理污物，如果卷筒或滑轮绳槽部分有破坏损伤，应及时对其进行修整或更换；

(9) 应经常保持其清洁并定期涂抹特制无水分的防锈油，或用汽缸油、钢丝绳油等浓矿物油涂抹。钢丝绳在使用时，每隔一定时期涂一次油；

(10) 电动葫芦及提升机有异常应及时检查维修，严禁带病使用。

2.4.5.6 电器仪表日常检查

(1) 电机运行声音，温度，震动是否正常、运行电流是否超过额定电流，照明是否正常；

(2) 随时注意电器的工作状态，当电器不能正常工作时，要及时进行处理和报告，并做好相应的记录。

2.4.5.7 职业卫生

(1) 本岗位职业危害因素

本岗位可能存在的主要职业危害因素见附录3。职业危害因素检测结果应该符合工作场所有害因素职业接触限值的要求。

（2）防护措施

① 正确穿戴劳动防护用品；

② 个人防护用品的配备可参照附录4。

（3）急救药品的配置

急救药品的数量和品种应根据岗位实际需要配备，一般情况可参照附录5配置，并且应设专人管理，保证药品的基本数量和有效期。

2.4.5.8 检修

设备的检修按照附录2《设备检修交付工作制度》的规定执行。

3 冷碎工序岗位安全操作

3.1 冷碎工序概述

冷却破碎工序主要是将电石炉出炉后的 1800℃ 左右的液态电石在厂房内进行自然冷却后，进行破碎、检验分析、分级包装、入库贮存。

冷碎工序有破碎岗位及起重岗位。

起重人员负责从电石锅内吊出凝固的电石，待电石自然冷却后协助破碎岗位吊运电石。

破碎人员主要通过人工或机械将冷却后的电石破碎到工艺要求的粒度，并按照检验分析结果，分级用钢桶进行包装，入库贮存。

3.2 工艺流程简述

用双梁桥式起重机将冷却凝固后的电石吊出电石锅，在冷却厂房有序排列，自然冷却到 100℃ 左右，用破碎机将电石破碎到要求的粒度，检验分析，按照电石发气量进行分级包装，入库贮存。

3.3 主要工艺设备

本工序主要工艺设备有双梁桥式起重机、颚式破碎机、电子吊钩秤、电石锅等。

3.4 岗位的安全操作

3.4.1 开车

3.4.1.1 开车准备

（1）按照双梁桥式起重机安全操作规程规定的开车前的检查项目，逐项进行检查，试运行正常。

（2）按照颚式破碎机操作规程中的要求，做好开车前的准备，载荷运行正常。

（3）电石破碎工具齐全。

3.4.1.2 开车程序

将冷却凝固后的电石吊出电石锅，在冷却库房有序排列，由人工将电石预破碎至 300～500mm 后，启动双梁桥式起重机，将电石吊运到颚式破碎机进料斗，启动颚式破碎机，破碎至标准规定粒度，抽样进行分析，按照电石发气量分级装桶，入库贮存。

3.4.1.3 开车安全操作要点

（1）破碎和包装人员工应严格穿戴好劳动防护用品，防止电石飞溅及烫伤事故发生，尤其重视电石粉尘的防护；

（2）应认真检查破碎工具是否完好，严禁使用松动的铁锤破碎电石；

（3）颚式破碎机防护罩应完好；

（4）包装使用的电石桶应严格检查，桶内应干燥、无电石粉末及其它杂物。

3.4.2 正常运行

3.4.2.1 正常运行安全操作要点

（1）冷热电石应分区堆放和操作，防止炽热电石伤人。

（2）电石应冷却到100℃左右，方可进行破碎，防止因冷却时间不足而在破碎时造成烫伤事故。

3.4.2.2 颚式破碎机

（1）破碎机在运行时，若发生破碎腔内物料堵塞，应立即停止给料，然后关闭电动机，将物料清除后方可再次启动电动机；

（2）禁止在运转时进行维修。

3.4.2.3 双梁桥式起重机

（1）工作间歇时，不得将起重物悬在空中停留；

（2）运行中，地面有人或落放吊件时应打铃警告，严禁吊物在人头上越过，吊运物件离地不得低于2m；

（3）行驶时注意轨道上有无障碍物；

（4）应在规定的安全走道、专用站台行走和扶梯上上下；大车轨道两侧除检修外不准行走；小车轨道上严禁行走；不准从一台行车跨越到另一台行车；

（5）起吊物件妨碍司机视线时，应设专人监视和指挥；

（6）不准用反车代替制动、限位器代替停车；

（7）起重机运行时，严禁有人上下；

（8）起重机带重物运行时，重物最低点离重物运行线路上的最高障碍物至少0.5m；

（9）严禁在运行时进行检修和调整机件；

（10）必须将现场电石粉尘及时清理，集中存放。

3.4.2.4 生产运行记录

（1）当班电石破碎量；

（2）电石抽检分析数据；

（3）电石各等级数量；

（4）电石包装量、钢桶的使用数量；

（5）重复使用的电石桶的检查记录；

（6）电石贮存数量。

3.4.2.5　巡检要求和记录

（1）按颚式破碎机和双梁桥式起重机的操作规程规定的日常检查项目每 2h 进行一次检查，并做好记录；

（2）检查冷却厂房内是否有积水、漏雨等异常情况；

（3）地面有无堆积电石粉尘；

3.4.2.6　交接班

交接班时按照附录1《生产交接班管理制度》的规定进行。

3.4.3　停车操作

3.4.3.1　停车操作程序

接到停车指令后按以下步骤操作：

（1）停止向颚式破碎机中进料；

（2）待颚式破碎机中电石破碎完后，按下破碎机停止按钮；

（3）切断破碎机电源；

（4）双梁桥式起重机吊钩升至接近上极限 2m 处；

（5）将双梁桥式起重机起重小车停放在主梁离大车滑触线的另一端 2m 处；

（6）把双梁桥式起重机大车开到固定停放位置；

（7）将双梁桥式起重机所有控制器手柄应回零位，将紧急开关扳转断路，拉下刀闸开关，关闭司机室门后下车。

3.4.3.2　停车安全操作要点

（1）应在破碎机中无物料时方可停机；

（2）禁止桥式双梁起重机停机后仍在空中有悬吊挂具、吊物等任何物品；

（3）系统控制手柄应打至零位；

（4）电石空桶码放整齐，不会受潮、进水。

3.4.4 异常情况的处理

3.4.4.1 故障处理

(1) 双梁桥式起重机异常情况处理见第 8 章设备操作规程;

(2) 颚式破碎机异常情况处理见第 8 章设备操作规程。

3.4.4.2 紧急停机

出现下列紧急情况时,可采取紧急停机措施:

(1) 破碎机破碎时腔内物料严重堵塞;

(2) 破碎电石飞溅伤人时;

(3) 起重机刹车失灵。

3.4.4.3 紧急停车程序

(1) 按下起重机、破碎机的停止按钮,拉下电源开关;

(2) 向班长汇报急停原因及目前状况;

(3) 配合相关人员处理现场。

3.4.4.4 紧急停车安全操作要点

(1) 双梁桥式起重机刹车失灵时可采用倒挡进行停车;

(2) 颚式破碎机堵塞时应立即进行停车,清理干净方可再次进行运行。

3.4.5 日常检查及维护

3.4.5.1 颚式破碎机

(1) 按照颚式破碎机操作规程中的日常检查和基本维护要求进行检查维护;

(2) 坚持做好设备外部清洁工作,每班对电机上的积灰进行清除,避免散热不良而烧坏电机;

(3) 破碎机使用一段时间(一般一周左右)后,对紧固件进行全面检查和紧固。

3.4.5.2 双梁桥式起重机

（1）检查钢丝绳、吊钩是否符合安全运行要求，否则应立即进行更换；

（2）检查轴承是否完好，运行时温度是否超过限值；

（3）卷筒沟槽和滑轮凸缘是否完好，运行正常；

（4）联轴节检查它是否牢固地固定在轴上，联节两半联轴节用的螺栓是否旋紧，有无松动以及在工作时是否跳动等现象。

3.4.5.3 电石的包装、运输

（1）包装是否使用破损的钢桶；

（2）电石桶外加贴安全标签、运输标志；

（3）运输电石的工具有防雨防水设施；

（4）不允许打开或损坏的桶装电石存放在电石库。

3.4.6 电器仪表日常检查

（1）检查电子吊钩秤是否完好，显示是否准确；

（2）桥式双梁起重机安全保护装置控制是否灵敏、准确，运行是否平稳正常；

（3）电机运行声音、温度、震动是否正常，运行电流是否超过额定电流，照明是否正常；

（4）随时注意电器的工作状态，当电器不能正常工作时，要及时进行处理和报告，并做好相应的记录。

3.4.7 职业卫生

3.4.7.1 岗位职业危害因素

本岗位可能存在的主要职业危害因素见附录3。职业危害因素检测结果应该符合工作场所有害因素职业接触限值的要求。

3.4.7.2 防护措施

（1）正确穿戴劳动防护用品；

（2）起重机操作室应配备空调；

（3）个人防护用品的配备可参照附录4。

3.4.7.3 急救药品的配置

急救药品的数量和品种应根据岗位实际需要配备，一般情况可参照附录5配置，并且应设专人管理，保证药品的基本数量和有效期。

3.4.8 检修

设备的检修按照附录2《设备检修交付工作制度》进行。

4 炉气除尘系统安全操作

4.1 炉气除尘系统概述

炉气除尘系统主要是将内燃式电石炉产生的炉气，通过炉气管道经空气冷却器冷却，通过布袋除尘器除尘后达标排放，收集下的粉尘循环综合利用。

4.2 工艺流程简述

电石炉产生的 400～1000℃ 的高温含粉尘炉气经引风机抽至空气冷却器降温至 180～250℃，然后进入布袋除尘器除尘后达标排放。

4.3 主要设备

本岗位主要工艺设备有炉气管道、空气冷却器、离心风机、反吸风机、布袋除尘器、星型卸料、埋刮板机、贮气罐等。

4.4 岗位的安全操作

4.4.1 开车

4.4.1.1 开车前准备

(1) 检查主引风机地脚螺栓有无松动，油位正常，冷却水是

否通畅;

(2) 清除炉气除尘器内外杂物,积灰和油污,清除埋刮板机内的金属块和其它块状杂物;

(3) 检查滤袋悬挂的松紧程度,不得过松或过紧;滤袋绑扎,固定应牢靠;

(4) 检查门、管道、吸风罩、分格轮等处是否密封完好;

(5) 阀门、仪表及输送设备等动作灵活可靠,位置正确,清灰装置运转正常;

(6) 卸灰阀链条松紧适中,润滑正常;

(7) 检查减速机润滑油油量、油质是否正常,阀门动作灵活,封闭严密;

(8) 检查电磁振打器、星型卸料阀、刮板机固定螺栓有无松动;

(9) 电机防护罩齐全、完整;

(10) 压缩空气压力在正常范围。

4.4.1.2 开车程序

(1) 依次手动启动除尘器及星型卸料器进行卸灰操作;

(2) 通知电炉主控人员启动清、卸灰自动控制系统,现场操作人员开启反吹风机;

(3) 待清灰系统运行正常后,打开风机出口阀门,通知主控室打开配风阀的 1/3,开启主引风机,关闭配风阀。

4.4.1.3 开车安全操作要点

(1) 开机时,因先接通压缩空气至贮气罐,接通控制电源,启动排灰装置,如果系统中还有其它设备,应按工艺要求联锁控制;

(2) 必须在清卸灰系统运行正常后才能启动主引风机。

4.4.2 正常运行

4.4.2.1 正常运行安全操作要点

(1) 及时清除各集灰点集灰;

（2）贮气罐、油水分离器每班排水一次。

4.4.2.2　生产运行记录

（1）进入炉气除尘器炉气的温度、压力；

（2）布袋除尘器设备运行状况，故障情况、维修处理措施；

（3）粉尘量、卸灰时间。

4.4.2.3　巡检要求和记录

每小时对岗位设备进行一次巡检并做好记录。

4.4.2.4　交接班

交接班时按照附录1《生产交接班管理制度》的规定进行。

4.4.3　停车

4.4.3.1　停车程序

（1）通知主控人员依次停主引风机及清灰、卸灰系统；

（2）停反吸风机；

（3）关闭主引风机出口阀门。

4.4.3.2　停车安全操作要点

（1）在电炉停车后，本岗位应继续运行1h后，方可停车；

（2）停车前应保证所有输送设备内无集灰。

4.4.4　异常情况的处理

4.4.4.1　故障处理

常见故障及处理方法见表4-1。

4.4.4.2　紧急停车

出现下列情况时，应采取紧急停车措施：

（1）主引风机叶轮严重擦壳，立即切断电机电源，并及时进行维修；

（2）主引风机轴承，电动机发生振动或温升超过规定温度；

表 4-1 常见故障处理

序号	故障现象	原　　因	排　除　方　法
1	运行阻力大	(1)烟气湿度大,出现结露糊袋; (2)脉冲阀不工作; (3)脉冲阀工作时,提升阀处在开启状态; (4)压缩空气压力过低; (5)一个或多个提升阀处关闭状态	(1)提高烟气温度; (2)检查或更换; (3)检查提升阀和清灰控制器; (4)检查空气压缩机和气路系统; (5)检查气缸和清灰控制器
2	运行阻力小	(1)测压装置失灵; (2)工艺系统未工作; (3)滤袋破损	(1)更换或修测压装置; (2)恢复工艺系统工作; (3)更换或修复好滤袋
3	气缸不动作	(1)压缩空气压力过低; (2)电磁阀故障; (3)气缸卡阻	(1)检查空气压缩机和气路系统; (2)检查电磁阀或更换; (3)清洗气缸

(3) 炉气管道严重破裂;

(4) 清灰装置或控制仪表发生故障,经修理仍未能排除时;

(5) 由于温度高或进入火种引起火灾;

(6) 滤袋损坏、脱落,影响除尘效果。

4.4.4.3 紧急停车步骤

(1) 联系主控人员停止除尘器主引风机及炉气除尘器清卸灰系统;

(2) 关闭反吹风机;

(3) 配合相关人员进行抢修工作。

4.4.4.4 紧急停车安全操作

(1) 炉气除尘系统停车 1h 后应立即对布袋进行人工清灰,防止糊袋;

(2) 应立即把清下的灰输送至灰仓中;

（3）应及时清理主引风机内积灰。

4.4.5 日常检查与维护

（1）减速机、输灰装置等机械运动部件定期加油，发现有不正常现象应及时排除；

（2）脉冲阀如发生故障，及时排除；

（3）内部有杂质、水分等异物，及时清理，膜片损坏及时更换；

（4）定期检查气缸及各法兰面情况，如发现漏气，及时更换密封圈；

（5）检修门上的密封条，有老化，应及时更换；

（6）定期检查气路系统，排灰系统工作情况，发现异常及时排除。

4.4.6 电器仪表日常检查

（1）注意观察检测仪表指针是否脱落或者弯曲、显示是否正常；

（2）注意观察仪表盘上的二次表与现场一次表之间显示数据是否出现较大差异、二次表上手动控制是否有效、报警信号是否灵敏、正确；

（3）注意压缩空气压力是否在正常范围内，自动调节阀、气缸等有无反应延迟等失效表现；

（4）注意观察电流表是否完整、电机运行的声音，温度，震动是否正常、运行电流是否超过额定电流，照明是否正常；

（5）随时注意电器的工作状态，当电器不能正常工作时，要及时进行处理和报告，并做好相应的记录。

4.4.7 职业卫生

4.4.7.1 岗位职业危害因素

本岗位可能存在的主要职业危害因素见附录3。职业危害因素检测结果应该符合工作场所有害因素职业接触限值的要求。

4.4.7.2 防护措施

（1）正确穿戴劳动防护用品；

（2）个人防护用品的配备可参照附录4。

4.4.7.3 急救药品的配置

急救药品的数量和品种应根据岗位实际需要配备，一般情况可参照附录5配置，并且应设专人管理，保证药品的基本数量和有效期。

4.4.8 检修

设备检修按照附录2《设备检修交付工作制度》进行。

5 循环水系统安全操作

5.1 循环水系统概述

循环水系统主要负责生产、消防用水，并满足各生产岗位用水的水质、水压、水温、水量的要求。

5.2 供水流程

原水经取水泵输送到净水装置，同时启动计量泵将絮凝剂加入净水装置，经原水絮凝反应、过滤沉淀后的合格工业水（浊度≤20FTU）流入工业贮水池。

工业水经送水泵送入各用水点或补充循环水池的蒸发用水。循环水池的冷却水经送水泵送到各冷却设备（如炉盖设备），回流至热水池后再加压送到凉水塔冷却。循环水池内需定期加入缓蚀阻垢剂。

5.3 主要设备

本岗位主要设备有循环水送水泵、热水泵、取水泵、消防泵、凉水塔、一体化净水装置等。

5.4 岗位的安全操作

5.4.1 开车

5.4.1.1 开车准备

(1) 一体化净水器开车前的准备

① 检查排水管系是否畅通;

② 检查阀门转动是否灵活及密封是否良好;

③ 检查电控设备是否完好,对相关电机进行点动,校正转向;

④ 准备好一定数量的净水剂。

(2) 水泵开车前的准备

① 轴承充好油,油位正常,油质合格;

② 转动机组的联轴器,轻重是否均匀,声响是否正常;

③ 检查紧固螺栓有无松动;

④ 入口阀门打开,检查轴封涌水情况,以少许滴水为佳;

⑤ 往泵内注水,打开泵壳上的放气门,排空后关闭;

⑥ 检查各仪表、电压是否正常;

⑦ 启动水泵后,检查水压、电机电流是否正常,并注意有无振动和异常;

⑧ 开启出口阀。

5.4.1.2 开车程序

(1) 依次启动取水泵、加药泵、净水器,向工业水池送水;

(2) 待工业水池水位达到 60% 以上时,启动工业水送水泵,向循环水池供水;

(3) 通知各用水部门做好供水准备,待循环水池水位达到 80% 以上时,启动循环水泵,循环回水回流至热水池;

（4）待热水池水位达到 60％以上时，启动热水泵及凉水塔风机。

5.4.1.3 开车的安全操作要点

（1）开车时防止操作顺序错乱，导致水溢流或液位过低损坏设备。

（2）逐步调整热水泵阀门、回水阀门及循环水泵阀门，使热水池、循环水池水位达到平衡。

（3）开启进水阀门，调节好进水调节阀的开度，尽量使各设备的进水量均衡，避免出现设备负荷不平衡。

（4）开启计量泵，将溶解后的药液（浓度 5％～10％）送至管道混合器内，使其与原水充分混合，药剂量要视进水的水质而定，由技术部提供用加药量指标。

5.4.2 正常运行

5.4.2.1 正常运行安全要点

（1）循环水池内定量加入缓蚀阻垢剂（加入量由技术部门提供），记录加药重量和时间。每班巡视加药泵是否工作正常，保证缓蚀阻垢剂连续不断地滴加。

（2）定期检测水质情况，并根据水质情况排放一定量循环水并补充新鲜水，保证循环水钙镁离子在允许范围内。

（3）热水池每周加一次杀菌灭藻剂（加入量由技术部门提供）。

（4）根据水质浊度调整絮凝剂用量，每班人员接班后将反应室放空阀开启 8～10min 进行排沙。

（5）原水池水位接近下限位置时，报告班长同意后启动原水泵抽水到净水器，操作人员启动加药泵调整药量进行原水处理。

（6）供水泵切换时须保证供水量达到生产需求，并先启动备用泵后再停原运行水泵，水压变化控制在±0.2MPa 范围内。启动泵前先开进水阀，后开出水阀，停泵应先关出水阀后关进水阀。

（7）一体化净水器定期清洗步骤

① 打开反冲洗排水、反洗进水阀，将过滤器内的石英沙冲洗 10～20min，待水清澈后关闭排水阀，打开排气阀，待排气阀全部排完空气有水流出后关闭排气阀、反冲进水阀，进入下步运行阶段。

② 沉淀区积泥渣较多时，需开启排泥阀进行排泥，以排出的水清澈为止；排泥周期根据原水水质或反应效果而定，遇到汛期相应增加次数。

5.4.2.2　生产运行记录

（1）所有水泵运行电流；

（2）投加水处理药品种类、时间；

（3）循环水泵水压、水温；

（4）做好设备检查记录及联系维修记录。

5.4.2.3　巡检要求和记录

每小时对岗位设备进行一次巡检并做好记录。

5.4.2.4　交接班

交接班时按照附录 1《生产交接班管理制度》的规定进行。

5.4.3　停车

5.4.3.1　停车操作程序

（1）在确认原水池水量正常情况下关闭取水泵、加药泵、一体化净水器；

（2）停工业水送水泵；

（3）依次停循环水泵、凉水塔风机、热水泵。

5.4.3.2　停车安全操作要点

（1）严格按照停车顺序进行停车操作；

（2）停车后应把循环水泵、热水泵、变压器水泵进出水阀门关闭，以防再次启动时误操作，导致超负荷引起电极损坏；

（3）停车较长时间后应进行手动盘车，检查水泵转动是否灵活；

（4）各水泵在停车时应缓慢关闭出口阀，方可停泵；

（5）在停车工程中应保持热水池及循环水池水位平稳，防止溢流。

5.4.4　异常操作

5.4.4.1　故障处理

水泵和一体化净水器常见故障及处理方法见表5-1和表5-2。

表 5-1　水泵常见故障处理

序号	现　象	原　因	消除方法
1	水泵流量不足或不出水	（1）水泵内有空气； （2）水泵的密封圈零件损坏； （3）填料处漏气； （4）水泵转速太低，电压是否太低； （5）叶轮、进水口、管道堵塞； （6）叶轮磨损过大； （7）电机转向不对，叶轮中心线未浸入液内	（1）放气； （2）更换密封圈； （3）填料上涂些黄油拧紧填料压板； （4）设法升高电压； （5）清除杂物； （6）换叶轮，并检查轴承磨损； （7）调整相位
2	水泵扬程不足	（1）叶轮损坏； （2）转速不足； （3）输液内含有气体	（1）更换叶轮； （2）检查电压、电机是否正常； （3）降低液体温度排除气体
3	水泵轴承发热	（1）主轴与电机轴不同心； （2）轴承盖缺油或油变质	（1）调整同心度； （2）加油或换油

续表

序号	现象	原因	消除方法
4	水泵功率过载	(1)介质相对密度过大； (2)流量超过使用范围； (3)产生机械摩擦	(1)更换较大功率电机； (2)按使用范围工作； (3)检查调整或更换磨损部件
5	水泵有振动或杂音	(1)主轴与电机轴不同心； (2)转子不平衡； (3)螺母有松动现象； (4)输液内含有气体或脱液运转水轴承与轴颈磨损过大； (5)水轴承与轴颈磨损过大	(1)调整同心度； (2)更换转子； (3)拧紧各部位螺母； (4)降低液温、排除气体、叶轮入液内； (5)更换水轴承

表 5-2　一体化净水器常见故障的处理

序号	现象	原因	消除方法
1	出水浑浊	(1)出水浊度过高； (2)过滤层淤泥较多	(1)降低进水浊度； (2)进行反冲洗
2	出水较小	(1)进水量不足； (2)藻菌滋生	(1)增加进水量； (2)添加杀菌灭藻剂

5.4.4.2　紧急停车程序

发生下列情况，可以采取紧急停车措施：

(1) 水池水水位过低无法保证正常运行；

(2) 输水管道发生爆裂严重漏水，无法控制时。

5.4.4.3　紧急停车步骤

(1) 按下各泵停止按钮；

(2) 向主管、主控室、用水部门汇报急停原因；

(3) 配合相关人员处理现场。

5.4.4.4 紧急停车安全操作

停车后立即通知循环水使用部门。

5.4.5 日常检查与维护

（1）检查并随时添加水泵润滑油；

（2）检查运转机构是否灵活，水泵轴承温度是否过高，电机有无异响，机座是否松动。密封是否完好，有无滴漏现象；

（3）每周检查一次仪表接线是否松动；

（4）检查各水池水位是否正常，异常时及时调整；

（5）随时检查水质是否达标。

5.4.6 电器仪表日常检查

（1）注意观察检测仪表指针是否脱落或者弯曲、显示是否正常；

（2）注意观察仪表盘上的二次表与现场一次表之间是否出现较大差异、二次表上手动控制是否有效、报警信号是否灵敏、正确；

（3）注意观察电流表是否完好、电机运行的声音，温度，震动是否正常、运行电流是否超过额定电流，照明是否正常；

（4）随时注意电器的工作状态，当电器不能正常工作时，要及时进行处理和报告，并做好相应的记录。

5.4.7 职业卫生

5.4.7.1 岗位职业危害因素

本岗位可能存在的主要职业危害因素见附录3。职业危害因素检测结果应该符合工作场所有害因素职业接触限值的要求。

5.4.7.2 防护措施

（1）正确穿戴劳动防护用品；

（2）个人防护用品的配备可参照附录4。

5.4.7.3　急救药品的配置

急救药品的数量和品种应根据岗位实际需要配备，一般情况可参照附录 5 配置，并且应设专人管理，保证药品的基本数量和有效期。

5.4.8　检修

设备的检修按照附录 2《设备检修交付工作制度》进行。

6 空压站安全操作

6.1 空压站概述

空压站主要是为所有除尘器提供压缩空气。

6.2 供气流程

空气经空气压缩机压缩后进入油气分离器、冷冻干燥机进行除油和冷却降温除水,合格气体经空气缓冲罐,由管道输送到各用气设备。

6.3 主要设备

空压站主要工艺设备有螺杆式空压机、冷冻干燥机、过滤器、空气缓冲罐及管道阀门等。

6.4 岗位安全操作

6.4.1 开车

6.4.1.1 开车准备

(1) 检查空压机润滑油油位在刻度范围内,润滑油的牌号应符合要求；

（2）开车前转动手动轮，检查是否有卡阻现象；

（3）清理设备上的障碍物，固定好防护罩；

（4）打开排气阀，检查排气管路是否畅通；

（5）打开油水吹除阀，使排放管道处于无压状态，减轻启动时的负荷；

（6）检查冷却供水是否正常；

（7）检查供电系统是否正常。

6.4.1.2　开车程序

（1）打开机组进、出口冷却水阀，水压控制在 0.25～0.4MPa 之间。

（2）启动冷冻干燥机。

（3）将控制面板上"增载/卸载"旋钮拨至"减载"位置，按下机组"运行"按钮，待机组运行正常后将控制面板上"增载/卸载"旋钮拨至"增载"，压缩机进入自动加载状态。待表压力达到要求后，缓慢开启压缩机出口排气阀。

（4）检查各处有无漏油、漏气现象。

6.4.1.3　开车安全操作要点

（1）在开车过程中应逐步调整压缩空气出口阀门，调节空气压力在控制范围内；

（2）确保冷凝水排放阀已打开。

6.4.2　正常运行

6.4.2.1　正常运行安全操作要点

（1）每小时打开空气缓冲罐排水阀排水；

（2）当冷凝液无法正常排出时，应进行手动排放，每两小时一次。

6.4.2.2 生产运行记录

（1）记录空压机运行压力、排气温度；

（2）及时记录冷干机入口温度、制冷温度、冷却水温度、空气出口温度等。

6.4.2.3 巡检要求和记录

每两小时对岗位设备进行巡检，并做好记录。

6.4.2.4 交接班

交接班时按照附录1《生产交接班管理制度》的规定进行。

6.4.3 停车

6.4.3.1 停车程序

（1）按空压机停机按钮"O"键，指示灯熄灭，空压机停机；

（2）关闭空压机出气阀；

（3）按冷冻干燥机"OFF"键停止冷干机运转；

（4）关阀冷干机进气阀和排气阀；

（5）打开空压机冷凝水排污阀。

6.4.3.2 停车安全操作要点

（1）停机应打开空压机冷凝水排污阀，排除冷凝水；

（2）通知用气部门。

6.4.4 异常情况

6.4.4.1 故障处理

（1）空气压缩机

空气压缩机常见故障处理见表6-1。

（2）冷冻干燥机

冷冻干燥机常见故障处理见表6-2。

表 6-1 空气压缩机常见故障处理

序号	常见故障	原因	排除方法
1	无法启动	(1)保险丝熔断	电气人员检查更换
		(2)保护电器动作	
		(3)启动继电器故障	
		(4)电压太低	
		(5)电动机故障	
		(6)欠相保护电器故障	
		(7)压缩机主机故障	拨动联轴器,若无法转动时,请联系供货厂家
2	运转电流高压缩机自行跳闸	(1)电压太低	电气人员检查更换
		(2)排气压力太高	检查排气压力设定值
		(3)润滑油规格不准确	检查油牌号,使用正确油品
		(4)油气分离器滤芯堵塞	更换油气分离器滤芯
		(5)压缩机主机故障	拨动联轴器,若无法转动时,请联系供货厂家
3	转运电流低于正常值	(1)空气消耗量太大(压力在设定值以下转运)	检查消耗量
		(2)空气滤清器堵塞	清洁更换
		(3)卸荷阀动作不良	拆卸清洗检查
4	排气温度低于正常值	(1)长期低负荷	增加空气消耗量
		(2)温度控制阀失灵(冷冻机组)	拆下检查或更换
		(3)温度表损坏失灵	拆下检查或更换
		(4)热电偶失灵	拆下检查或更换

续表

序号	常见故障	原因	排除方法
5	压缩机不加载	(1)气管路上压力超过额定负荷压力,压力调节器断开	不必采取措施,气管路上的压力低于压力调节器加载(位)压力时,压缩机会自动加载
		(2)电磁阀失灵	拆下检查,必要时更换
		(3)油气分离器与卸荷阀间的控制管路上有泄露	检查管路及连接处,若有泄漏则需修补
		(4)组合阀膜片损坏	拆下检查,更换膜片
		(5)卸荷阀动作不良	拆卸清洗检查
		(6)组合阀阀芯卡死,打开放空	拆下检查,必要时更换
6	压缩机无法空载	(1)加载压力与卸载压力设定错误	重新设定该两项参数,保证卸载压力与加载之差至少应为0.5MPa
		(2)卸荷阀动作不良或未完全关闭	拆卸清洗检查
		(3)电磁阀失灵	拆下检查,必要时更换
		(4)组合阀阀芯卡死,无法打开放空	拆下检查,必要时更换
7	空气中含油量高,润滑油添加周期缩短	(1)油位过高	检查油位,卸除压力后排油至正常位置
		(2)油气分离器滤芯失效	拆下检查或更换
		(3)泡沫过多	更换推荐牌号的油
		(4)油气分离器滤芯回油管接头处限流孔堵塞	清洗限流孔
		(5)用油不对	更换推荐牌号的油

续表

序号	常见故障	原因	排除方法
8	噪声增高	(1)进气端轴承损坏	拆下更换
		(2)排气端轴承损坏	
		(3)电机轴承损坏	
9	排气量、压力低于规定值	(1)耗气量超过排气量	检查相连接的设备，清除泄漏点或减少用气量
		(2)空气滤清器滤芯堵塞	拆下检查，必要时应清洗或更换滤芯
		(3)安全阀泄漏	拆下检查，如修理后仍不密封则更换
		(4)压缩机效率降低	与制造厂联系，协商后检查压缩机
		(5)油气分离器与卸荷阀间的控制管路上有泄漏	检查管路及连接处，若有泄漏则需修补
		(6)组合阀膜片损坏	拆下检查，更换膜片
		(7)油气分离器滤芯堵塞	拆下检查，必要时则更换
10	停车后空气滤清器中喷出	(1)压缩机单向阀泄漏或损坏	拆下检查，有必要则更换，并应同时更换空气滤清器器滤芯
		(2)负载停机	检查卸荷阀是否卡死
		(3)停机时压力阀不放空	检查组合阀是否卡死
11	停车后空气过滤器中喷油	断油阀堵塞	拆下检查清洗，并更换空气清洁器滤芯

续表

序号	常见故障	原　因	排　除　方　法
12	运行过程中不排放冷凝液	(1)排放管堵塞	检查并疏通
		(2)自动排水电磁阀堵塞或失灵	拆下检查或更换
13	加载后安全阀马上卸放	安全阀失灵	拆下检查更换损坏的零部件
14	压缩机运转正常,停机后启动困难	(1)使用油牌号不对或使用混合油	彻底清洗后,使用正确的润滑油品
		(2)油质渐结焦	彻底清洗后,使用正确的润滑油品
		(3)轴封严重漏气	拆下更换
		(4)卸荷阀瓣原始位置变动	重新调整位置
15	卸荷后压力继续上升	(1)轴封严重漏气	拆下更换
		(2)卸荷阀瓣原始位置变动	重新调整位置
16	空、负载频繁	(1)管路泄漏	检查泄漏位置并修复
		(2)加载压力、卸载压力设定错误	重新设定该两项参数,保证卸载压力与加载之差至少应为0.5MPa
		(3)空气消耗量不稳定	配用贮气罐或增大贮气罐容量
		(4)机组外供气管中装有止回阀,而控制器取压点未从气水分离器上移至止回阀	将控制气取压点从气水分离器上移至止回阀,并把气压管上的取压口用螺丝拧紧

表6-2 冷冻干燥机常见故障处理

常见故障		原 因	处 理 方 法
①压力降太大	配管系统错误	(1)管路阀门未全开	将阀门全开
		(2)管径太小	增大管径
		(3)管路太长,弯头、接头太多	管路系统重新设计
		(4)两台以上空压机并联运转区装配不良	管路系统重新设计
		(5)管路中的过滤阻差	过滤器清洗或更换
		(6)管路中连接处漏气太多	检查弯头接头
	空气处理量超过额定值	超过空压机额定流量	(1)更换容量较大的空压机 (2)降低空气流量
	蒸发器内凝结水冻结	(1)温度开关或压力开关不良	检查管路是否堵塞,校正开关
		(2)膨胀阀,热气旁通阀故障	检查管路是否堵塞,校正开关
		(3)空气处理量压小	加大一些处理风量
②出水不净	配管系统异常	(1)旁路阀没有全关	关闭旁路阀
		(2)空气没有通过干燥机	贮气罐按要求装置
		(3)无贮气罐或贮气罐装在冷干机后	干燥机入口阀门全开
		(4)干燥机没有放平	置平
		(5)自动排水器倾斜	
		(6)排水管高于自动排水器	排水管重新装置

续表

常见故障	原因	处理方法
空气流量大	压力降太大	空压源系统重新装置
排水系统异常	(1)排水器不良或电磁排水阀故障	清洗或更换
	(2)排水器前阀未全开	确认阀门是否全开
冷媒蒸发温度指示异常	(1)露点温度太低或太高	调整压力开关;水流开关;膨胀阀,热气旁路阀
	(2)环境温度或入口温度过低入口温度过高	增设后部冷却器
	(3)周围环境空气污浊通风不良	选择较适当位置改善通风
	(4)冷媒漏,冷冻效率低	修补漏洞,加灌冷媒
③全部不能运转		
电源是否正常供电	(1)保险丝熔断或无开关挑闸	开关是否损坏确认电源是否有缺相相短路,接地相,并检查开关是否损坏
	(2)断线	找出断线处加以检修
有电源但不能正常运转	(1)电压异常	请依照铭牌上额定电压指示允许范围内 5%
	(2)开关不良	换新
	(3)接触器不良	换新
	(4)过流继电器不良	换新
	(5)高低压力开关不良	换新(请检查电磁开关及压缩机线盒)
	(6)启动电容器不良	换新
	(7)电容器不良	换新
	(8)温度开关不良,流量开关不良。油压缩机不良	换新
	(9)压缩机不良	换新

续表

常见故障	原　因	处　理　方　法
电源开关全部正常，但不能启动	(1)高低压跳闸后启动未复位，电磁开关过流继电器不良	换新、找出跳闸原因后，再复位
	(2)压缩机不良	换新
	(3)电线松落	找出电源线未锁紧处，上紧
④启动不良		
电压异常	启动不久后，电线短路，产生烧焦味道	线路及开关重新配置，找出电压异常之原因
高压跳闸虽已复归但还是不能启动	(1)压力开关或温度开关不良，风扇停止	开关换新
	(2)风扇不良	换新
	(3)过载跳闸	检查电仪
	(4)冷凝器积垢太多	清洗
过流继电器跳闸	(1)启动电仪不良	换新
	(2)熔断器不良	换新
	(3)压力开关或温度开关不良，风扇停止	换新
	(4)油压开关不良	换新
	(5)连续启动	每次启动需隔3min以上
	(6)压缩机过负荷	干燥机过负荷，减少空气处理量
	(7)干燥机入口周围温度过高	增设冷却器或改善通风
	(8)电仪设定电流值太低	调整电流值

续表

常见故障	原因	处理方法
过流继电器跳闸	(9)电仪接触不良	清理或换新
	(10)电源欠相	熔丝断或电源开关接触不良
	(11)接触器阻不良,接点不良	清理或换新
	(12)冷却水没有循环	检查冷却水
⑤正常运转但效果不佳		
冷媒蒸发温度指示过低	(1)蒸发温度表不良	换新
	(2)膨胀阀或燃气阀故障	换新
	(3)冷媒漏	补漏再灌充冷媒
	(4)冷媒阻塞	更换干燥器,重新换真空,灌充冷媒
	(5)温度开关或压力开关设定太低,风扇不断运转	调整设定温度或更换较大型的干燥开关
冷媒蒸发温度指示过高	(1)入口温度过高(超过45℃)	增设冷却器或改善通风设备
	(2)周围温度过高	增设通风设备
	(3)膨胀阀或热气旁路阀故障	换新
	(4)冷凝器阻塞,通风不良	清洗,改善通风设备
	(5)冷却水温过高,或循环不良	改善冷却水
	(6)空气处理量大,但压力低	并联加装干燥机
	(7)冷媒压缩机进排气阀片磨损	换新

续表

常见故障	原因	处理方法
过负荷运转	(1)入口温度过高（超过45℃或80℃）	增设冷却器
	(2)空气处理量大	并联加装干燥机
	(3)冷媒漏	补漏再灌充
⑥自动排水不良	(1)使用压力在0.15MPa	自动排水器正常使用压力在0.2～1.0MPa
	(2)管节部分阻塞	清洗
	(3)排水阀损伤或未全开	换新或打开阀门
	(4)排水阀倾斜或破损	校正固定或换新
	(5)排水阀过滤部分阻塞	清洗
自动排水系统不良	(6)使用压力过高	请依据自动排水器额定压力使用
	(7)排水管阻塞	清洗
	(8)蒸发器管路内生锈或污垢阻塞	使用年限超过限期，换新

6.4.4.2　紧急停车程序

发生下列情况，可以采取紧急停车措施：

（1）空气压缩机排气压力超过额定值；

（2）安全阀超压起跳；

（3）油管爆裂；

（4）气体管路管件出现严重泄漏，且无法控制。

6.4.4.3　紧急停车步骤

（1）按下空气压缩机紧急停机按钮；

（2）通知各用气岗位；

（3）联系相关人员进行处理。

6.4.4.4　紧急停车安全操作

停车后立即通知用气岗位。

6.4.5　日常检查与维护

（1）空压机油位是否正常，不足时及时添加；

（2）空气滤芯是否堵塞；

（3）软管和所有管接头是否有泄漏情况；

（4）空压机，冷冻干燥机有无报警信息，并及时消除；

（5）主机排气温度是否在正常范围；

（6）冷凝水排放情况，若发现排水量太小或没有冷凝水排放，应停机清洗油水分离器；

（7）空气压缩机响声有无异常；

（8）冷却水水温≤35℃；

（9）检查电流、电压及电动机的温度是否正常。

6.4.6　电器仪表日常检查

（1）注意观察检测仪表指针是否脱落或者弯曲、显示是否正常；

（2）注意观察仪表盘上的二次表与现场一次表之间是否出现较大差异、二次表上手动控制是否有效、报警信号是否灵敏、正确；

（3）注意排气压力是否在正常范围内，自动调节阀有无反应延迟等失效表现；

（4）注意观察电流表是否完整、电机运行的声音，温度，震动是否正常、运行电流是否超过额定电流，照明是否正常；

（5）随时注意电器的工作状态，当电器不能正常工作时，要及时进行处理和报告，并做好相应的记录。

6.4.7 职业卫生

6.4.7.1 岗位职业危害因素

本岗位可能存在的主要职业危害因素见附录3。职业危害因素检测结果应该符合工作场所有害因素职业接触限值的要求。

6.4.7.2 防护措施

（1）正确穿戴劳动防护用品；

（2）个人防护用品的配备可参照附录4

6.4.7.3 急救药品的配置

急救药品的数量和品种应根据岗位实际需要配备，一般情况可参照附录5配置，并且应设专人管理，保证药品的基本数量和有效期。

6.4.8 检修

设备的检修按照附录2《设备检修交付工作制度》进行。

7 供电安全操作

7.1 概述

变电站是电石企业供电系统的心脏，肩负着向电炉变压器和各工序动力设备安全、平稳供电的任务。

变电站供电电压可根据所在地区电网的电压等级和生产规模进行选择，常用的供电电压为 110kV 或 35kV。供电线路 1～2 回，主接线采用单母线或单母线分段接线方式。

变电站可按有人值守或无人值守设计，无人值守的变电站应采用微机综合自动化保护装置，将电气设备运行参数、各种状态信号和报警信号远传到电炉控制室或中控室进行监视和控制。

供电岗位主要负责电气设备的倒闸操作、巡回检查以及高低压电气设备的维护检修工作。及时处理各个岗位运行中发生的电气设备故障。

由于电石企业采用的供电电压、设备选型、运行方式和无功补偿方式各不相同，对变电站设备和运行方式不作具体介绍。

7.2 供电流程

变电站引入高压供电电源，接入企业变电站高压母线，主供电炉变压器和动力变压器，动力变压器经过变电（配电）后再向生产工序各岗位供电。

电炉变压器二次输出三相短网引至三相电极集电环，由集电环与导电颚板连接的铜管将电输入导电颚板直至电极。

供电系统无功补偿有以下四种方式：

（1）在电石炉变压器以前进行集中补偿，即采用降压变压器将进线电压降到10kV后，采用10kV电容器进行补偿；

（2）在电石炉变压器中设置第三绕组，在第三绕组接入10kV电容器进行补偿；

（3）在电石炉变压器二次侧采用低压电容器直接进行补偿；

（4）在电石炉变压器二次侧接入升压变压器，将二次电压升高到10kV，选用10kV电容器进行补偿。

变电站主接线示意见图7-1。

图 7-1　110kV（35kV）变电站主接线示意

7.3　主要设备安全运行及操作规定

7.3.1　变压器安全运行及操作规定

（1）新安装、大修后的油浸式变压器投入运行前，应在额定电压下做空载全电压冲出合闸试验，加压前应将变压器保护全部投入，新变压器冲击 5 次，大修后的变压器冲击 3 次。第一次送电后的运行时间 10min，停电 10min 后再继续第二次冲击合闸试验；

（2）变压器并列条件

① 相序相同；

② 结线组别相同；

③ 电压比相差不超过 5％；

④ 短路比相差不超过 10％；

⑤ 变压器投入运行时，应先合上电源侧开关，后合上负荷侧开关，退出运行时相反；

⑥ 中性点直接接地系统中，变压器投入或退出运行时，应先将送电侧中性点接地刀闸合上；

⑦ 变压器过载时，不可频繁操作有载分接开关；

⑧ 电炉变压器（补偿变压器）送电时，调压开关应调在低电压挡位；

⑨ 正常运行时电炉变压器三相挡位之间允许相差 1 挡运行，特殊情况下经主控人员同意，最多可以相差 2 挡运行；

⑩ 运行中的变压器有下列工作时，应向主控人员申请将重瓦斯保护由跳闸改投信号：

a. 带电滤油或加油；

b. 变压器油路处理缺陷及更换油泵；

c. 为查找油面异常升高的原因打开有关放油阀、放气塞；

d. 气体继电器进行检查试验及在其继电保护回路上进行工作，或回路有直接接地故障。

⑪ 变压器输入电压不应超过所在挡位额定电压的±5％运行，制造厂另有规定时，按制造厂规定执行；

⑫ 油浸式变压器最高顶层油温一般不超过表 7-1 中的规定

（制造厂另有规定时，按制造厂规定执行）。

表 7-1 油浸式变压器最高允许油温

冷却方式	冷却介质最高温度/℃	最高顶层油温/℃
自冷或风冷	40	95
强油风冷	40	85
强油循环水冷	30	70

（3）变压器正常情况下不允许过负荷运行，事故时可以例外，正常冷却条件下事故过负荷倍数和允许持续时间应满足表7-2 中的规定（制造厂另有规定时，按制造厂规定执行）。

表 7-2 过负荷倍数与允许时间关系

事故过负荷倍数	1.3	1.6	1.75	2.0
允许持续时间/min	120	30	15	7.5

（4）变压器油水冷却器正常运行时油压应高于水压 0.05MPa（制造厂不作要求时例外）。

（5）变压器冷却系统故障时，若变压器油面温度低于允许值，变压器运行时间可按油面温升情况确定。

7.3.2 电容器安全运行及操作规定

（1）对新投入运行的电容器组应在额定电压下冲击合闸三次（每次间隔 5min），24h 试运行期间，应加强巡视检查；

（2）连接电容器组的母线或设备停电时，应先停电容器组，后停负荷；送电时顺序与此相反；

（3）电容器组开关拉开、合闸间隔时间，不宜小于 5min 或按制造厂要求执行；

（4）电容器停电工作时，必须经过充分放电才能工作，熔丝熔断的单个电容器工作时必须对该电容器进行充分放电；

（5）电容器室应通风良好，温度达到 40℃ 或超过厂家规定时，应将电容器短时停止运行；

（6）电容器本体温度不得超过60℃；

（7）串、并联电容器的长期运行电压不得超过其额定电压的1.1倍，电流不得超过其额定电流的1.3倍；

（8）电容器容量不能任意变动，个别电容器损坏时，应更换容量和参数相同的产品，并经试验合格方可投入运行。

7.3.3　电动机安全运行及操作规定

（1）电动机可在额定温度下按厂家铭牌数据长期运行。

（2）电动机一般可在额定电压变动$-5\%\sim10\%$的范围内运行，其额定出力不变。

（3）电动机在额定出力运行时，其三相不平衡电压差不得超过额定电压的5%，三相不平衡电流差不得超过额定电流的10%，并且任一相电流不得超过额定值。

（4）电动机运行时，各部位的允许温度与温升应按制造厂铭牌规定执行，当制造厂没有规定时，绕组温度可按表7-3中的规定执行。

表 7-3　电动机绕组允许温升及温度

绝缘等级		A级		B级		E级	
测量方法		温度计法	电阻法	温度计法	电阻法	温度计法	电阻法
定子绕组	温升/℃	50	60	60	75	70	80
	温度/℃	80	95	100	110	105	115

（5）环境温度为35℃以上时，滑动轴承不得超过80℃，滚动轴承温度不得超过95℃。

（6）装有空冷器的电动机，入口水温不得低于5℃，不得超过30℃，进风温度不允许超过40℃。

（7）电动机运行时的振动不应超过表7-4中的规定。

表 7-4 电动机转速与振动值的关系

额定转数/(r/min)	3000	1500	1000	750	750 以下
振动值(双振幅)/mm	0.05	0.085	0.10	0.12	0.16

(8) 电动机运行时的轴向串动值, 滑动轴承不超过 2～4mm, 滚动轴承不超过 0.05mm。

(9) 6～10kV 电动机应用 1000～2500V 摇表测量绝缘电阻, 在常温下 6kV 电动机不应低于 6MΩ, 10kV 电动机不应低于 10MΩ。

(10) 380V 及以下低压电动机, 用 500～1000V 摇表测量绝缘电阻, 其值不应低于 0.5MΩ。

(11) 直流和绕组式电动机的转子线圈, 用 500V 摇表测量绝缘电阻, 其值不应低于 0.5MΩ。

(12) 容量为 500kW 及以上的高压电动机, 应测量吸收比 R60/R15≥1.3, 所测电阻值应与前次相同条件下比较, 不低于前次所测值 1/2, 否则查明原因, 电动机绝缘不合格, 不得送电启动。

(13) 大修后的大型电动机的轴承绝缘, 应用 1000V 摇表测定绝缘电阻, 其值不应低于 0.5MΩ。

(14) 备用中的电动机, 应每隔两周定期测定绝缘一次。

(15) 对周围环境恶劣温度变化大的电动机, 停止备用时, 应缩短测定绝缘的时间间隔, 并加强定期试转工作 (试转时间不应低于两小时)。

(16) 电动机停用不超过一周, 未经检修时, 送电或启动前可不测绝缘。虽没超过一周, 但遇电动机发生异常情况, 在送电前应测绝缘。

(17) 互为备用的电动机, 每半月应轮换运行一次或采用试转半小时的方式, 以提高其备用电动机绝缘。

（18）鼠笼式电动机在热状态下只允许启动一次，在冷状态下允许连续启动两次，每次间隔不得小于5min。在事故或启动时间不超过2～3s的电动机可以多启动一次。

7.4 岗位安全操作

7.4.1 操作规定

（1）高压倒闸操作前必须根据调度指令，下达调度指令必须采用双重编号，受令人复诵无误后根据指令填写操作票。单项操作时可不填操作票，操作完成后记入倒闸操作记录簿。

（2）供电线路的倒闸操作按照与地方电网签订的调度协议执行，严格按照地方电网调度指令进行倒闸操作。

（3）变电站母线及线路的倒闸操作由电气负责人（或有资质下达调度指令的人员）下达操作指令。

（4）电炉具备送电条件后，由主控人员下达电炉开车操作指令，电炉运行过程中的开、停和负荷调整由主控人员向地方电网电力调度报告。

（5）各生产岗位用电设备具备受电条件后，由各岗位负责人（班长）向电气负责人申请送电。电源送到各用电设备后（用电设备转热备用），由各岗位班长负责指挥操作人员进行开机操作。

（6）在开关柜前操作时应穿棉质长袖工作服，穿绝缘鞋、带绝缘手套和安全帽。高压设备户外操作时应穿高压绝缘靴。装卸高压可熔保险器应戴护目眼镜和绝缘手套，必要时使用绝缘夹钳，并站在绝缘垫或绝缘台上。

（7）高压设备和低压总进线开关或重要线路的倒闸操作必须由两人执行，其中一人对设备较为熟悉者作监护，操作中应认真执行监护复诵制度。

（8）操作前应先核对设备名称、编号和位置，停电拉闸操作必须按照先拉开关（即断路器），其次拉开负荷侧隔离刀闸，最后拉开母线侧隔离刀闸，送电合闸的顺序与此相反。

（9）操作中不准擅自更改操作票，不准随意解除闭锁装置。

（10）在发生人身触电事故时，为了抢救触电人，可以不经许可，即行断开有关设备的电源，但事后应立即报告调度和上级部门。

（11）在交接班时，应避免进行倒闸操作。在事故处理时，其它操作程序应暂停，即时报告主控人员或电气负责人。雷雨时避免在露天进行倒闸操作。

（12）新设备首次送电或设备检修后，在送电操作前必须进行现场检查核实。

（13）任何人发现有违反安全规程的情况，应立即制止。各类作业人员有权拒绝违章指挥和强令冒险作业行为。

7.4.2 送电前的准备

7.4.2.1 设备验收

（1）经检修后的设备在投入运行前，应经电气技术负责人员进行验收，且检修及试验数据应合格；

（2）新设备投运时，安装检验及所有资料应合格齐全，并有新设备投运技术方案，按新设备投运方案进行送电操作。

7.4.2.2 安全检查

（1）检修工作已完结，检修工作负责人和工作许可人双方在工作票结束栏上签字确认；

（2）电气设备及线路上确实无检修人员；

（3）送电线路（设备）接地线均已撤回、接地刀闸已经拉开；

（4）检修标识及相关检修的安全措施已拆除；

（5）设备安装现场通风装置良好，消防设施齐全。

7.4.2.3 设备检查

（1）保护及控制设备检查

① 保护屏内的所有空气开关（保护装置电源、控制电源、信号电源等）均在工作位置，电源电压正确，保护装置面板指示正确；

② 保护装置经试验完好，保护压板已按规定投入运行；

③ 开关控制回路完好，监控机（或操作台）上显示在"远方"操作位置；

④ 监控系统工作正常，主接线上开关及刀闸的分、合指示与现场设备一致并正确，遥信一览表（信号指示灯）无故障报警信号。

（2）变配电和用电设备检查

① 设备固定牢靠、外表清洁完整、无杂物；

② 电气接线应正确，连接牢靠且接触良好；

③ 设备相色标志正确，接地良好；

④ 隔离刀闸、开关机械位置和指示位置一致并正确；开关柜上"远方/就地"开关置于"远方"位置；

⑤ 电容器外壳应无凹凸或异常现象；

⑥ 盘动电机转子时应转动灵活，无碰卡现象；

⑦ 充油设备无渗漏油，事故排油设施完好；

⑧ 变压器储油柜、冷却装置、净油器等油系统上的油门均打开，油位指示正确；

⑨ 变压器温度计指示正确，整定值符合要求。

7.4.2.4 电炉"紧急停车"试验

电炉变压器应设"紧急停车"按钮，在设备检修后与主控人员共同进行试验，其操作步骤为：

（1）确认电炉变压器开关两侧隔离刀闸在断开位置；

（2）对电炉变压器开关进行合闸和分闸各一次，检查分、合闸回路是否正确；

（3）对电炉变压器开关合闸，按主控室"紧急停车"按钮，开关分闸正确；

（4）对电炉变压器开关合闸，按现场"紧急停车"按钮，开关分闸正确。

7.4.3 送电操作程序

7.4.3.1 正常送电流程

正常送电操作应先从高压逐级向低压送电。

（1）动力电送电流程

高压线路──→高压母线──→动力变压器（10kV 母线）──→配电变压器（0.4kV 母线）──→各岗位配电室──→各岗位用电设备

（2）电炉送电流程

水系统、油压系统及相关辅助岗位设备──→变压器辅机（冷却器或风机）──→电炉变压器（补偿变压器）──→补偿电容器

7.4.3.2 送电操作步骤

（1）动力系统送电操作步骤

① 进线线路由检修转运行的操作步骤（由地方电网电力调度下达操作指令）

a. 拉开线路接地刀闸或拆除接地线，拆除检修相关标示牌；

b. 合上线路电压互感器一次隔离刀闸和二次空气开关；

c. 合上线路避雷器隔离刀闸；

d. 由供电电源侧合上线路开关；

e. 监视线路电压是否正常。

② 110kV（35kV）母线由检修转运行的操作

a. 拉开母线接地刀闸或拆除母线上的接地线，拆除检修相关标示牌；

b. 合上母线电压互感器一次隔离刀闸和二次空气开关；

c. 合上母线避雷器隔离刀闸；

d. 确认进线开关在断开位置，先合上母线侧隔离刀闸，后合上线路侧隔离刀闸；

e. 合上进线开关；

f. 检查母线电压是否正确。

③ 动力变压器及 10kV 配电母线由检修转运行的操作步骤

a. 拉开动力变压器高压和低压侧接地刀闸或拆除接地线，拆除检修相关标示牌；

b. 合上 10kV 母线电压互感器一次隔离刀闸和二次空气开关；

c. 合上动力变压器中性点接地刀闸（用于 110kV 电压等级）；

d. 确认动力变压器高压侧开关在断开位置，合上高压侧隔离刀闸；

e. 确认动力变压器低压侧开关在断开位置，合上低压侧隔离刀闸；

f. 合上动力变压器高压侧开关；

g. 合上动力变压器低压侧开关；

h. 检查动力变压器及 10kV 母线电压是否正确；

i. 拉开动力变压器中性点接地刀闸。

④ 10kV 配电变压器及 0.4kV 母线由检修转运行的操作步骤

a. 拉开配电变压器高压侧接地刀闸或拆除高、低压侧接地线，拆除检修相关标示牌；

b. 确认配电变压器高压侧开关在断开位置，合上高压侧隔离刀闸（或将高压开关手车置工作位置）；

c. 确认配电变压器低压侧开关在断开位置，合上低压侧隔离刀闸（或将低压开关手车置工作位置）；

d. 合上配电变压器高压侧开关；

e. 合上配电变压器低压侧开关；

f. 检查 0.4kV 母线电压是否正确。

⑤ 0.4kV 线路（各工序配电室、配电柜）送电操作程序

a. 拆除线路两侧接地线或检修相关标示牌；

b. 确认电源侧低压开关在断开位置，合上送电线路电源侧隔离刀闸（或将线路开关手车置工作位置）；

c. 确认受电侧低压开关在断开位置，合上线路受电侧隔离刀闸（或将线路开关手车置工作位置）；

d. 合上线路电源侧开关；

e. 合上线路受电侧开关；

f. 检查配电柜电压是否正确。

⑥ 用电设备送电操作

a. 拆除检修相关标示牌；

b. 确认用电设备开关在断开位置，合上隔离刀闸；

c. 合上用电设备开关；

d. 合上用电设备控制回路保险；

e. 检查现场电源指示是否正确，回复受电岗位送电情况；

f. 岗位运行人员进行开机操作；

⑦ 10kV 高温引风机由检修转运行的操作步骤

a. 电炉具备开车条件；

b. 拉开高温引风机接地刀闸或拆除接地线，拆除检修相关标示牌；

c. 确认高温引风机开关在断开位置，合上隔离刀闸；

d. 由电炉主控人员按高温引风机运行程序进行开机操作。

（2）电炉变压器送电操作

① 电炉变压器由检修转运行的操作步骤

a. 拉开电炉变压器接地刀闸或拆除接地线，拆除检修相关标示牌；

b. 合上升压变压器 10kV 母线电压互感器及避雷器隔离刀

闸（采用电炉变二次侧升压进行无功补偿时进行此操作）；

c. 水系统、油压系统及相关辅助岗位设备已开机，变压器辅机（冷却器或风机）已准备就绪；

d. 合上电炉变压器中性点接地刀闸；

e. 确认电炉变压器开关在断开位置，合上隔离刀闸；

f. 检查或调整电炉变及补偿变压器在低电压档位（主控人员操作）；

g. 合上电炉变压器开关，调整及监视运行电流是否正常（主控人员操作）；

h. 拉开电炉变压器中性点接地刀闸。

② 电炉变压器二次侧补偿电容器由检修转运行的操作步骤（在电炉变压器二次侧进行补偿时）

a. 拉开补偿电容器接地刀闸或拆除接地线；

b. 确认补偿电容器开关在断开位置，合上隔离刀闸；

c. 主控人员投入电容器组，并根据电炉运行情况对补偿电容器电压或补偿电容器组数进行调整。

（3）电炉变压器（补偿变压器）冷却器的操作步骤

① 开启电炉变压器（补偿变压器）油路全部阀门；

② 开启运行油泵进口和出口阀门，关闭备用油泵进口阀门；

③ 开启运行油泵电源，油泵运行；

④ 先开启水系统出水阀门，后开启进水阀门；

⑤ 调整油压和水压在正常范围（正常情况下油压应高于水压 0.05MPa）。

7.4.4 停电操作程序

7.4.4.1 正常停电流程

（1）停补偿电容器——电炉变压器——相关辅助设备（冷却器、高温引风机、循环水泵等）

（2）全站停电流程

动力电停电由低压到高压逐级停电，特殊情况例外，正常停电流程为：

用电设备——→岗位配电室——→0.4kV母线及配电变压器——→10kV母线及动力变压器——→110kV（35kV母线）高压母线——→110kV（35kV）线路

7.4.4.2 电炉变压器（补偿变压器）及相关设备停电操作步骤

（1）补偿电容器由运行转检修操作

① 拉开补偿电容器开关（在电炉变压器二次侧进行补偿时）；

② 确认补偿电容器开关在断开位置，拉开隔离刀闸（转热备用时可不进行以下操作）；

③ 合上电容器接地刀闸或挂接地线和"检修"标示牌（转冷备用时可不进行此项操作）。

（2）电炉变压器由运行转检修的操作

① 接受电炉变压器停车指令后，合上电炉变中性点接地刀闸；

② 主控人员拉开电炉变压器开关；

③ 确认电炉变压器开关已断开，拉开隔离刀闸；

④ 合上电炉变压器线路接地刀闸或挂接地线，设置"检修"标示牌等安全措施。

（3）高温引风机由运行转检修的操作步骤

① 按电炉停车要求，主控人员拉开高温引风机开关；

② 确认高温引风机开关已断开，拉开高温引风机隔离刀闸；

③ 合上高温引风机接地刀闸或挂接地线，设置"检修"标示牌等安全措施。

（4）电炉变压器（补偿变压器）油水冷却器停运操作步骤

① 先关闭油水冷却器进水阀门，后关闭出水阀门；

② 停油水冷却器油泵电源（油泵阀门在油路检修时需要关闭，正常停运可以不关闭）；

③ 根据电气检修需要关闭总电源。

7.4.4.3 动力全部停电的操作步骤

（1）低压用电设备（回路）由运行转检修的操作

① 确认用电设备已停运；

② 拉开空气开关；

③ 根据检修需要拉开隔离刀闸。

（2）配电变压器及 0.4kV 母线由运行转检修的操作

① 拉开配电变压器低压侧开关，确认开关已断开；

② 拉开配电变压器高压侧开关，确认开关已断开；

③ 拉开配电变压器高压侧隔离刀闸（将配电变高压侧手车退到检修位置）；

④ 拉开配电变压器低压侧隔离刀闸（将配电变低压侧手车退到检修位置）；

⑤ 合上接地刀闸或挂接地线，设置"检修"标示牌等安全措施。

（3）动力变压器及 10kV 母线由运行转检修的操作（各10kV 线路已处于冷备用或检修状态）

① 合上动力变压器中性点接地刀闸；

② 拉开动力变压器低压侧开关，确认开关已断开；

③ 拉开动力变压器高压侧开关，确认开关已断开；

④ 拉开动力变压器高压侧隔离刀闸（将动力变高压侧手车退到检修位置）；

⑤ 拉开动力变压器低压侧隔离刀闸（将动力变低压侧手车退到检修位置）；

⑥ 拉开动力变压器中性点接地刀闸；

⑦ 拉开 10kV 电压互感器隔离刀闸和二次空气开关；

⑧ 合上接地刀闸或挂接地线，设置"检修"标示牌等安全措施。

7.4.5 正常操作中的安全注意事项

（1）拉、合刀闸前必须核实断路器在断开位置，检查位置时应以设备实际位置为准，无法看到实际位置时，可通过设备机械位置指示、电气指示、仪表及各种遥测、遥信信号的变化，且至少应有两个及以上指示已同时发生对应变化，才能确认该设备已操作到位。

（2）拉开刀闸时应检查刀闸断开距离满足安全要求，有闭锁装置的刀闸，操作结束后，应检查倒闸操作机构是否闭锁良好。

（3）严禁带负荷拉、合隔离刀闸，如果已经操作错误，不准把已经合上的刀闸再拉开，只有用相应的断路器把这一回路电流断开后，才能将误合的刀闸拉开〔对涡轮转动的操作机构由于误动而产生电弧时，应立即投入，由于误合而产生电弧时，应立即拉开。对快动式刀闸（杠杆转动操作机构）由于误拉而产生电弧时，应立即拉开不得投入，由于误合而产生电弧时，应立即合到底不得拉开〕。

（4）母线送电前要将母线电压互感器（避雷器）刀闸先投入，停电时最后拉开电压互感器（避雷器）刀闸。

（5）拉、合电压互感器前，应防止继电保护装置和安全自动装置误动作。用断口带并联电容器的断路器拉、合装有电磁电压互感器的空载母线　应先将该电压互感器停用。

（6）操作中发生疑问时，应立即停止操作并向发令人报告，待发令人再行许可后，方可进行操作。

（7）当电气设备投入运行时发生"保护动作"跳闸事故，或运行中的电气设备发生"保护动作"跳闸事故，必须立即向主控人员及电气负责人报告，在事故原因未分析清楚前，不能将设备重新投入运行。

（8）检修验电操作注意事项

① 验电必须使用试验合格（试验合格有效期半年）、符合使

101

用电压等级的验电器；

② 验电前必须先将验电器在带电设备上试验，确定验电器是否指示正确；

③ 验电工作必须在施工设备进出两侧，如开关则应检查所有套管；

④ 验电时必须戴绝缘手套；

⑤ 室外验电不能在下雨天进行；

⑥ 表示设备断开的常设信号装置，经常接入的电压表和其它信号指示，只能作参考，不得以此作为设备无电的根据。

（9）检修装拆接地线的注意事项

① 接地时，必须使用专门的携带型接地线，禁止使用不合格的导线作接地或短路之用，禁止使用缠绕的方法进行短路和接地；

② 对于可能来电的各方面都要装设接地线；

③ 接地线应装设在从工作地点可以明显看到的地方；

④ 接地线与施工部分之间不得连有开关或保险；

⑤ 装接地线先接地一侧，后接设备一侧；拆接地线时先拆设备一侧，后拆接地一侧；

⑥ 每组接地线应编号，存放在固定地点，每班交接；

⑦ 每组接地线在使用之前均应认真检查，有损坏的接地线严禁继续使用；

⑧ 装拆接地线必须做好记录，交接班时必须交接清楚。

7.5 异常及事故情况

7.5.1 异常及事故处理措施

（1）变压器

变压器异常及事故处理方法见表 7-5。

表 7-5 变压器异常及事故处理

序号	异常现象	原因分析	处理方法
1	电炉变"有载调压轻瓦斯"动作	(1)调压开关动作频繁; (2)开关内变压器油绝缘性能差; (3)有载调压开关触头接触不良	(1)对调压开关瓦斯气体进行排放,并记录轻瓦斯动作时间间隔; (2)关注轻瓦斯的动作频率和调压开关动作次数,按有载调压开关说明书要求对调压开关内绝缘油进行分析; (3)当油耐压不合格时,应计划停电对调压开关进行清洗换油或检修
2	变压器"本体轻瓦斯"动作	(1)变压器内空气没排完; (2)变压器内部引线接触不良; (3)变压器内部绝缘老化	(1)监视变压器电流,有功和无功功率,上层油温,并记录; (2)注意倾听变压器内部声响有无明显变化; (3)在确保人员安全的条件下取出瓦斯继电器内积气,判断故障类别。 a. 无气体:油枕和轻瓦斯继电器无油,或油路堵塞。阀门未打开,或二次回路短路引起误动,通知检修人员进行处理。 b. 有气体:无色、无臭味、不可燃,说明是空气,排气后变压器可继续运行。 c. 有气体:有色、有臭味、可燃,说明是变压器内部故障,向主控人员请求停电处理
3	电炉变压器"过负荷"动作	负荷控制不当	(1)记录此时变压器三侧电流、有功和无功功率以及上层油温; (2)适当降负荷,直到过负荷信号消失为止; (3)如果情况特殊(如处理炉内故障)必须过负荷运行时,应按变压器过负荷规定执行,并控制变压器温度,必要时开启备用冷却油泵或加大冷却水量,加强对变压器进行巡视
4	变压器"油位低"动作	变压器油箱或出线导管渗漏	(1)检查是否漏油,在保证安全的前提下,采取措施制止漏油; (2)如果油位下降不能及时控制时,应紧急停电处理

续表

序号	异常现象	原因分析	处理方法
5	变压器"压力异常"动作	(1)变压器内部故障; (2)释压器故障误发信号	(1)检查释压器和变压器油枕是否喷油,如严重喷油应立即将变压器停电; (2)如变压器释压器少量泄油,应检查变压器油位、油色和油温,密切关注负荷电流、温度、声响,即时向电气负责人报告; (3)未发现异常时为释压器故障,作好缺陷记录,停电时进行处理
6	变压器"温度高"	(1)变压器过负荷运行; (2)变压器冷却水压低或水温高; (3)变压器冷却器故障; (4)变压器油路或水路堵塞	(1)记录此时变压器的电流、电压、有功、无功功率以及上层油温,比较该负荷下的油温是否正常; (2)检查温度表的实际指示是否与"温度高"信号动作值相符; (3)检查冷却器是否正常,有无堵塞现象;冷却器油压、水压、进水温度及流量是否正常; (4)经上述检查,若油温比同样负荷和冷却条件下高出10℃以上,则认为变压器内部发生故障。此时应报告电气负责人或相关技术人员进行分析,如果温度继续上升,应向主控人员申请停电处理,在未停电之前应加强冷却和运行监视
7	配电变压器"过负荷"	负荷分配不当	即时核实报警信号是否正确,并报告主控人员,即时对负荷进行调整
8	油水冷却器流量低	(1)油水冷却器电机失电; (2)油泵电机或控制回路故障; (3)油路阀门没打开	(1)检查处理电机电源; (2)启动备用油泵;停电检查故障泵控制回路或更换油泵; (3)检查打开油路阀门
9	"过电流"保护动作跳闸	变压器外部连接母线故障	(1)检查变压器连接的相关母线有无故障点,将故障点隔离处理; (2)无故障点时可将变压器试送一次,试送不成功必须查明原因
10	"差动"或"重瓦斯"保护动作跳闸	(1)"差动"动作:变压器内部或变压器外部套管以及相关设备故障; (2)"重瓦斯"动作:变压器油箱内部故障。	(1)"差动"或"重瓦斯"同时发出,应将变压器吊芯检查; (2)仅有"差动"保护动作,应检查变压器外部相关设备

（2）GIS 开关柜

GIS 开关柜异常及处理方法见表 7-6。

表 7-6　GIS 开关柜异常及事故处理

序号	异常现象	原因分析	处 理 方 法
1	GIS"SF6 压力低"报警	GIS 设备密封不严,造成气体泄漏	（1）报告电气负责人; （2）开启 GIS 室排风扇,带上防护用品,由两人一同到现场进行检查; （3）报警信号动作正确,应用 SF6 检漏仪进行检查,找出泄漏点; （4）关注气体泄漏情况,如果不能控制时,应安排立即停电检修
2	GIS"SF6 压力低闭锁"	GIS 设备密封不严,造成气体泄漏	（1）报告主控人员及电气负责人; （2）严禁对开关进行分、合闸操作。处理方式同序号 1 有关步骤外,必须进行以下操作: a. 断开"SF6 压力闭锁"回路控制电源,在断路器远方和就地控制手柄上挂"严禁操作"标示牌; b. 启用上一级断路器断电; c. 退出故障断路器进行检修
3	GIS 设备发生爆炸事故	GIS 设备密封不严,造成气体泄漏;开关内部短路或接地故障	（1）立即报告主控人员及电气负责人保护动作情况,确认相关设备已经停电; （2）开启室内通风,带上防毒用品,在电气负责人的指挥下,进入开关室进行检查,隔离故障设备; （3）联系专业人员进行检修
4	GIS 间隔"电源空开跳"信号	控制电源,弹簧储能电机电源、交流电源、接地刀闸电机电源、控制及信号电源中有一路电源失电	根据所发信号点位,到现场检查开关跳闸原因,如果控制箱内未发现异常、异味时,可先试送开关一次,否则应查明跳闸原因

（3）开关（断路器）

开关（断路器）异常情况及处理方法见表 7-7。

表 7-7　开关（断路器）异常情况处理

序号	异常现象	原因分析	处理方法
1	开关出现"控制断线"信号	(1)控制电源或熔断器接触不良或跳闸(熔断)； (2)开关常闭辅助接点未闭合； (3)开关内的接点或接线松动； (4)保护单元箱控制回路故障	(1)拒绝电动跳闸的开关禁止投入运行； (2)应及时检查控制电源、开关二次回路及保护单元箱。不能及时处理时，则报告电气负责人和主控人员，将拒绝电动跳闸的开关手动切除后进行检查处理； (3)拒绝电动跳闸的开关应到现场手动打跳
2	断路器不能进行电动合闸的故障	(1)弹簧没有储能； (2)控制电源开关及合闸回路保险接触不好或熔断； (3)合闸回路断线(常闭辅助接点断开或合闸线圈断线)； (4)保护控制单元箱故障； (5)操作机构故障	(1)合上储能开关，对弹簧储能； (2)检查或合上控制电源开关或更换合闸回路保险； (3)处理合闸回路断线及辅助接点故障或更换合闸线圈； (4)检查或更换保护单元箱； (5)检查处理操作机构故障
3	不能进行电动分闸的故障	(1)控制电源开关断开或接触不良； (2)分闸回路断线(常开辅助接点闭合不好或分闸线圈断线)； (3)保护控制单元箱故障； (4)操作机构故障	(1)检查控制回路是否正常，合上控制电源开关； (2)检查处理合闸回路断线故障或更换分闸线圈； (3)检查或更换保护单元箱； (4)检查处理操作机构故障。 不能处理时，应采取紧急分闸措施

（4）电动机

电动机异常情况及处理方法见表 7-8。

表 7-8 电动机异常情况处理

序号	异常现象	原因分析	处理方法
1	高温引风机"过负荷"报警	风机负荷调整不当	(1)检查风机风门开度是否正常,调节风机进风或配风阀门,使电流控制在额定范围以内; (2)检查机械部分是否发生故障; (3)检测关注风机运行温度,如果过负荷现象不能得到控制时,应请示停电处理
2	电动机运行温度高	(1)负载电流过大; (2)电动机缺相运行; (3)定子转子相擦; (4)水冷风机的冷却器水流量不够或阻塞	(1)核对负荷电流; (2)检查电机电源; (3)检查电机转动间隙; (4)调整水压、水量,消除阻塞
3	电动机运行中跳闸	(1)负载电流过大,保护动作; (2)过载定值偏小或热元件故障; (3)电动机或线路绝缘损坏接地或短路	(1)电动机过载保护或热元件动作时,检查负载有无卡塞,电机转动是否灵活,未见异常时,可恢复热元件重新启动电动机; (2)调整过载保护定值或更换热元件; (3)电动机或线路绝缘损坏时空气开关或熔断器动作,此时应对线路和电动机进行绝缘检查并检修
4	电动机完全不能启动	(1)电动机缺相; (2)无电压或电压不正常	(1)查对电源线、熔断器及接线端子; (2)检查电源
5	电动机有交流声,但不能启动	定子或转子一相开路	检查电动机定子电源或转子回路
6	电动机不能带负载启动	(1)负载转矩过大; (2)线路压降太大; (3)线绕式电动机转子开路	(1)电机选型不当; (2)负载阀门调节不当,或有卡塞; (3)检查转子回路是否开路
7	电机轴承过热	(1)润滑油选择不正确; (2)油量不合适; (3)油杯不转动; (4)负载过大; (5)轴承粗糙、歪斜、轴颈压力过度	(1)检查所用润滑油是否正确; (2)检查油位是否正常; (3)检查导油沟与油杯是否对直; (4)检查轴线是否对直,轴是否弯曲; (5)调整轴瓦间隙

（5）小电流系统接地

10kV（35kV）发生单相接地故障时。应立即报告电气负责人，允许母线带接地故障运行时间不超过2h。

小电流系统接地异常情况及处理方法见表7-9。

表7-9　小电流系统接地异常情况处理

序号	异常现象	原因分析	处 理 方 法
1	母线对地电压一相为零或接近零，另二相电压上升至线电压或接近线电压。发"＊＊母线接地"信号	（1）配电回路电缆故障；（2）母线配电设备（开关、变压器、电动机等）故障；（3）配电母线绝缘瓷瓶或相关设备故障	（1）对发生接地系统的各出线电缆和设备进行检查；（2）未发现故障点时，可采取逐路停电的方法检查，先断影响面小的次要回路，最后断重要配电回路。故障点危及电炉运行安全时，应向主控人员申请将电炉变压器停电后再对故障进行检查
2	同上	（1）10kV电容回路电缆故障；（2）10kV电容配电开关、电容器、电抗器、放电线圈等故障；（3）10kV电容补偿母线绝缘瓷瓶或相关设备故障	（1）逐路停用补偿电容器，检查接地在补偿电容器出线侧还是母线侧；（2）两组电容器断开后，接地信号仍未消失时，应向主控人员申请停电炉变压器电源，对补偿变压器出线及10kV开关柜及母线进行检查

（6）PT断线

PT断线异常情况及处理方法见表7-10。

表7-10　PT断线异常情况处理

序号	异常现象	原因分析	处 理 方 法
1	对地电压一相为零或接近零，另二相电压不变，发"PT断线"信号	（1）PT二次回路熔断器或接触不良；（2）PT二次电压回路一相导线接触不好；（3）PT一次熔断器接触不良或熔断	（1）测量PT二次回路熔断器进线端电压是否正确，如果电压正确，应检查PT二次回路熔断器和二次线；（2）PT输出的二次电压不正确，应向主控人员申请停故障PT检查一次熔断器（停PT前，需要停用相关的低电压保护）

（7）直流电源

直流电源故障及处理方法见表7-11。

表 7-11 直流电源故障处理

序号	异常现象	原因分析	处理方法
1	充电机交流失电	(1)充电机交流回路短路； (2)交流供电电源失电；	(1)检查充电机交流回路是否短路，排除短路故障后合上空气开关； (2)检查交流配电电源是否失电，处理查找失电原因，恢复供电
2	直流运行参数显示异常	监控装置或通讯发生故障	通知检修人员或专业人员进行处理
3	合闸母线电压正常，控制母线电压偏低	(1)控制母线"自动"调压装置故障； (2)控制母线"手动"调压开关工作位置不正确	(1)将"自动"控制转换为"手动"控制； (2)调整"手动"控制开关电压挡位
4	监控器发"电池过压"告警	(1)充电机过电压保护装置故障； (2)过电压定值不正确	(1)关掉两路交流电源开关，停止向蓄电池充电，待"电池过压"信号消失后再合上空气开关； (2)检查调整过电压保护整定值(256V)
5	监控器发"电池欠压"告警	(1)充电机交流失电； (2)充电模块故障； (3)直流系统有局部短路或过载	(1)检查交流电源，恢复交流供电； (2)检查"充电模块"是否损坏，更换充电模块； (3)检查蓄电池电流是否正常，处理直流系统局部短路或过载故障
6	监控器发"直流绝缘低"告警	二次回路设备绝缘损坏，造成接地故障	(1)报告电气负责人； (2)监控机上直接显示出故障回路时将故障回路断开后进行检查； (3)没有直接显示故障回路时，可采取逐路停电的方法检查： a. 先断次要回路(如事故障照明，开关储能电源，开关信号电源)； b. 最后断重要回路(如开关控制电源、保护信号电源)； c. 断开某一回路后，如故障没有消失，可重新合上恢复供电，再断下一个回路，直到查出故障点

（8）监控系统或保护单元

监控系统或保护单元装置异常情况及处理方法见表7-12。

表 7-12　监控系统或保护单元装置异常情况处理

序号	异常现象	原因分析	处理方法
1	运行数据不刷新	监控系统全部或部分通讯中断	(1)全部中断时可重新启机试验； (2)重点检查集线器电源是否正常，接线是否正确、牢固； (3)保护单元通讯线是否接触良好； (4)不能处理时尽快通知专业人员进行处理
2	运行中的开关出现状态变位	(1)开关不明原因显示分闸位； (2)开关控制电源失电； (3)开关辅接点故障，信号误发	(1)检查运行电流是否正常，电流正常说明状态信号误发； (2)检查直流电源是否失电，处理见"控制回路断线"处理方法； (3)检查处理开关辅助接点故障
3	监控机在运行中突然退出系统	监控系统故障	(1)重新启机或通知专业人员进行处理； (2)如果系统短时不能恢复，立即报告电气负责人，安排供电值班人员在现场进行监视和操作

7.5.2　紧急事故处理程序

（1）当发生以下电气事故时，应立即向电气负责人和电炉主控人员报告请求停电，如果情况紧迫，有权紧急操作处理。

① 直接对人员生命有严重威胁时；

② 运行中电气设备发生下述情形之一时：

a. 内部音响非常大，并有爆裂声；

b. 在正常负荷和环境下变压器温升不断上升，且超过极限温升；

c. 变压器油箱破裂，造成严重漏油，至使油面严重下降，且低于油位指示计的下限以下位置时；

d. 变压器套管严重破损，出现严重的放电现象；

e. 架空线路绝缘子严重放电时；

f. 电气设备出现严重的放电现象或有严重爆裂声、内部冒烟或有严重的臭味时；

g. 动力电失电或循环水系统断水时。

（2）当动力变压器或 110kV（35kV）母线或进线线路发生故障时，可拉开动力变压器高压侧和低压侧开关，拉开 10kV 高压电动机配电开关，投入 10kV 检修电源，保证动力系统继续供电。

7.5.3 异常及事故处理安全操作要点

（1）异常情况及事故处理时，必须首先弄清情况，作出正确分析和判断后迅速向主控及电气负责人报告，避免因慌乱而扩大事故。

（2）发生事故时首先解除对人身、设备和供电安全的威胁，清除事故根源，限制事故发展，用一切办法保持正常设备的安全运行。

（3）值班人员应正确迅速执行指令，其他人员不能占用调度电话，以免延误事故处理时间。

（4）现场检查必须戴好个人防护用品，采取相应的安全措施，保证人身安全。

（5）发现接地故障时，不允许接近故障点，更不允许接触带电设备金属外壳，在室内至少保持 4m，室外保持 8m。穿绝缘鞋，带绝缘手套或采取了其它安全措施而紧急救护触电人员时不受此限。

（6）交接班过程中发生事故时，处理事故应以交班人员为主，接班人员则在交班人员的指导下协助处理。

（7）处理事故时，即使是事故停电，在未拉开有关刀闸和做好安全措施以前，不得触及设备或进入遮栏，以防突然来电。

（8）当现场设备着火，必须首先切断着火设备电源或通向着火设备现场的电源，用干粉灭火器、四氯化碳、二氧化碳等灭火器，火势不能控制时应打 119 启动火灾紧急预案。

7.6　检查与维护

7.6.1　巡检

7.6.1.1　巡检要求

（1）检查高压设备时，不允许接近故障点，人体任何部位与带电体的安全距离不得小于表 7-13 中的规定。

表 7-13　安全距离

电压等级/kV	无遮栏/m	有遮栏/m
10	0.7	0.35
35	1.0	0.6
110	1.5	1.5

（2）电气设备必须认真地按时进行巡视，对设备异常状态要做到及时发现、认真分析、正确处理并做好记录，及时向主控人员和电气负责人报告；

（3）巡视检查设备必须思想集中，做到看、听、嗅、触、想、测配合进行，把事故和异常情况消灭在发生之前；

（4）巡视设备应按巡视路线每日至少巡检一次；

（5）巡视人员对设备巡视后，应将检查情况及巡视时间记入记录簿内；

（6）单人巡视设备时，不得进行其它工作，不得移开或越过遮栏。雷雨天气需巡视室外高压电气时，应穿绝缘靴，并不得靠近避雷器和避雷针。接触设备的外壳和构架时，应戴绝缘手套。进出高压配电室必须随手关门；

（7）遇到下列情况，应增加巡视次数

① 设备过负荷或负荷有显著增加时；

② 设备经过检修、改造或长期停用后重新投入系统运行。新安装的设备加入系统运行；

③ 设备缺陷近期有发展时；

④ 恶劣气候、事故跳闸和设备运行中有可疑的现象时；

⑤ 法定节、假日及上级通知有重要供电任务期间。

7.6.1.2　日常巡视检查的主要项目

（1）一、二次设备的实际运行状况是否和当时运行方式要求的运行位置相符；

（2）各充油设备的油位、油色应正常；设备无泄漏；

（3）各接头应无异常过热，特别不应有变色或热浪、熔化、断股等现象；

（4）主变温度与负荷对比应正常，散热器排管阀门应开启；主变瓦斯继电器导油管阀门应开启；

（5）各瓷件无闪络、裂碎、异常放电；

（6）站用交直流装置电压应正常，信号、控制、保护通讯电源可靠；

（7）各继电保护、自动装置投运正确；

（8）遮栏完好，防误锁完备，防小动物措施有效；

（9）各路负荷电流在规定值以内运行；

（10）防雷设施完好。

7.6.1.3 电气设备巡检内容

（1）变压器的巡回检查内容

① 油枕及充油套管油面高度是否在规定范围内，有无渗油及变色等现象；

② 变压器上层油温是否正常，抚摸散热器或各油管的温度有无明显差别，阀门是否开启，有无堵塞现象。油水冷却器油压是否高于水压、流量是否正常；

③ 变压器内部声音是否正常，有无加大，放电声和其它异常音响；

④ 套管是否清洁，有无裂纹，破损放电等异常现象；

⑤ 接头引线有无发热、变色、冒气、接触不良等现象；

⑥ 变压器是否完整，有无破裂，呼吸器是否畅通，硅胶是否受潮变色；

⑦ 瓦斯继电器内是否充满油，二次引线绝缘是否有油腐蚀情况；

⑧ 电炉变压器低压出线冷却水管有无漏水、发热现象；

⑨ 基础有无下沉现象；

⑩ 外壳接地是否良好；

⑪ 变压器中性点接地刀闸、电流互感器、避雷器等是否正常。

（2）110kV GIS 开关巡查内容

① 传动机构是否完好，油缓冲器有无漏油，开关位置、弹簧位置指示是否与实际位置相符；

② 控制电源、合闸保险是否完好，接触是否良好；"远方/就地"转换开关是否与运行要求一致；

③ 设备接地是否良好，支架有无锈蚀、裂纹等现象；

④ 各间隔 SF6 气体压力是否正常，有无异常声响或异常气味产生；

⑤ 避雷器泄漏电流是否正常；

⑥ 二次回路接线端子导线有无腐蚀、破损、变色、弯曲、松动、断线、发热等现象；

⑦ 控制端子排是否清洁，螺丝是否松动，号牌字迹是否清洁正确、完整；

⑧ 柜内照明是否完好，箱体是否密封，加热器工作是否正常，箱内是否潮湿。

（3）10kV 开关巡查内容

① 开关柜巡查内容

a. 刀闸触头或接头连接处有无发热、变色、冒气等异常情况；

b. 瓷套管表面是否清洁，有无裂纹、破损、放电或其它明显缺陷；

c. 套管内有无放电声及其它不正常声音；

d. 传动机构是否完好，开关位置指示是否与实际位置相符；

e. 控制电源、合闸保险是否完好，接触是否良好；

f. "远方/就地" 转换开关是否与运行要求一致；

g. 接地线是否良好，支架有无锈蚀、裂纹等现象；

h. 开关柜底部密封是否良好、有无间隙；

i. 过电压保护器是否清洁完好，有无放电现象；

j. 柜内照明是否完好。

② 开关柜上保护单元箱及计量设备检查内容

a. 检查单元箱运行指示灯是否正常，有无报警信号；

b. 保护压板设置是否正确；

c. 装置有无异常声响；

d. 计量及测量表电源及显示是否正常。

（4）电容器室及配电室的检查内容

① 室内温度、湿度是否满足设备运行要求；

② 各门窗是否完好、紧固，有无渗漏水现象；

③ 室内照明是否正常；

④ 通风设备，防小动物设施是否完好。

（5）母线（软母线和硬母线）检查内容

① 接头是否紧固，螺栓是否完整，有无锈蚀、过热、冒气等现象；

② 母线上是否落有杂物；

③ 软母线有无扭曲断股，硬母线有无损伤断裂等现象；

④ 绝缘子有无损坏、放电现象。

（6）电容、电抗器的巡回检查内容

① 电容器巡回检查内容

a. 电容器外壳有无膨胀、渗油、喷油等现象；

b. 套管有无裂纹、放电现象，表面是否清洁；

c. 电容器有无异常声响和放电声音；

d. 接头是否良好，有无发热等现象；

e. 放电变压器（电压互感器等）是否完好，瓷件有无裂纹、破损、放电等现象；

f. 高压熔断器有无熔断或接触不良现象；

g. 电压是否过高，三相电流差是否超过10%；

h. 接地是否良好，有无断线，接地不良等现象。

② 电抗器的巡视检查内容。

a. 有无杂音及其它异常响声；

b. 接头接触是否良好，有无发热、变色、冒气等现象；

c. 支持瓷件是否清洁、牢固，有无破损，放电等现象；

d. 保护层是否有裂缝、线圈是否有变形、破损等情况；

e. 基础有无下沉、倾斜等现象。

（7）电力电缆巡回检查内容

① 电缆终端头是否清洁，有无裂纹、破损、放电现象；

② 引出线接头是否紧固，有无线断、锈蚀、发热等现象，相序标志是否明显；

③ 电缆头和外皮接地是否完好；

④ 电缆室、沟、竖井支架是否牢固，有无锈蚀现象；

⑤ 室内电缆沟是否有积水，渗水等现象；

⑥ 敷设在地面下的电缆线路上的地面是否有挖掘下沉现象，是否堆放重物和排泄酸、碱等污物；线路标示是否完整等。

（8）防雷设备（包括避雷针、避雷器、引下线等）巡回检查内容

① 避雷器内部有无响声：外部瓷件是否清洁，有无裂纹、破损、放电现象；

② 避雷器泄漏电流是否正常，放电记录是否动作；

③ 引下线是否完好（锈蚀截面积不得超过引下线截面积的25%），接头是否良好；

④ 金属构架是否锈蚀。

（9）主控室（保护屏、交流站用屏、电度表屏）巡回检查内容

① 各仪表指示是否正常；

② 各仪表、继电器、插件等元件的连接线是否完好，有无螺丝松动脱焊断线，接触不良、烧焦、绝缘老化等现象；

③ 面板、背板是否清洁完整，铅封是否完好，盖子罩子是否盖好，有无破损等现象；

④ 开关位置，信号指示是否正常，是否符合运行状态；

⑤ 继电保护的整定值是否与要求值一致；

⑥ 导线有无腐蚀、破损、变色、弯曲、松动、断线、发热等现象；

⑦ 端子排是否清洁，螺丝是否松动，号牌字迹是否清洁正确、完整；

⑧ 逆变器运行是否正常。

（10）蓄电池的巡回检查内容

① 蓄电池是否整齐清洁，有无松动，破损现象，连接片接头是否完好，螺丝有无松动、发热等情况；

② 直流母线电压是否维持在 215～225V 范围内，浮充电电流是否正常；

③ 充电柜是否完好，有无异音、异味、过热、放电、冒烟等异常现象。

7.6.2　维护保养

7.6.2.1　变压器维护保养

（1）每日对变压器进行巡视检查；

（2）每年对变压器进行一次例行检查和试验（即直流电阻测试、绝缘测试、保护试验、变压器油样分析等）；

（3）每三个月或有停电机会时对变压器外壳、套管进行清扫；

（4）定期对变压器外壳进行防腐；

（5）根据有载调压开关说明书要求对调压开关进行油分析，当油耐压不合格时，对调压开关进行清洗换油或检修；

（6）统计有载调压开关动作次数和轻瓦斯动作次数，根据运行情况酌情安排检修。

7.6.2.2　高压配电设备及线路维护保养

（1）每日对设备进行巡视

（2）每周对设备连接部位进行一次温度检测；

（3）定期对设备卫生进行清扫；

（4）1～3年对设备进行一次预防性试验。

7.6.2.3 电动机维护保养

（1）每日进行一次巡视；

（2）高压电动机停运时间超过1周时，运行前对电动机进行绝缘检查；

（3）高压电动机停运时间超过1月时，必要时对电动机进行防潮（加热）处理；

（4）定期对电动机轴承进行清洗换油（高压电机1000h，其它电动机2000h或按电动机说明书要求进行维护）。

7.7 操作记录

7.7.1 记录要求

（1）必须认真按巡检和值班规定填写各种记录；

（2）记录填写要及时、真实、内容完整、字迹清晰，不得随意涂改；

（3）填写记录时，除要求复写一式几份时需用圆珠笔填写外，其余均用蓝色或黑色笔书写；

（4）如因笔误、错误需要修改记录时，应采用单杠划去原记录，在其上方写上正确内容，并在其上方、备注栏签上更改人的姓名及日期；

（5）空格记录应在格中划顶格斜线。

7.7.2 记录内容

（1）110kV线路电流、有功功率、功率因数；

（2）动力变、电炉变电流、有功功率、功率因数、运行温度；

（3）10kV 各路出线电流、有功功率。补偿电容器电流及无功功率；

（4）110kV 母线电压、10kV 母线电压；

（5）蓄电池电流，直流合闸母线电压、控制母线电压；

（6）110kV（35kV）以上线路、变压器有功电度及无功电度；10kV 变压器、高压电机有功电度，电容器无功电度；

（7）110kV 避雷器泄露电流、六氟化硫断路器压力；

（8）高压配电室的温度和湿度；

（9）设备维护检修内容、设备缺陷；

（10）各种异常现象和事故处理及倒闸操作内容。

7.8　防护用品的配备

7.8.1　个人安全防护用品

个人防护用品的配备可参照附录4。

7.8.2　公用安全防护用品的配备

本岗位配置的安全用具设专人管理，定期进行检验。配置的安全用具有：高压验电笔、绝缘操作棒、绝缘靴、绝缘手套、接地线等，其检验周期为6个月。

7.8.3　急救药品的配置

急救药品的数量和品种应根据实际需要配备，一般情况可参照附录5配置，并且应设专人管理，保证药品的基本数量和有效期。

7.9　检修

7.9.1　检修安全要求

（1）电气检修应严格执行《国家电网公司电力安全工作规程》及公司制定的相关检修管理规定；

（2）凡独立担任工作的人员必须经过特种作业培训合格，取得操作证后持证上岗；

（3）停电时必须切断各回线可能来电的电源，不能只拉开关（即热备用状态）进行工作，必须拉开隔离刀闸，使各回线至少有一个明显的断开点，刀闸操作把手要锁住；

（4）严禁电气设备在运转时进行拆卸修理；

（5）检修设备时，断电后应使用专用接地线接地，并三相短路，对可能送电至停电设备的回线或停电设备可能产生感应电压的，都要装设接地线，使工作地点处于各接地线的中间，工作中其他人员不许装拆或变动接地线；

（6）高压设备检修工作必须有 2 人以上，其中应有 1 人作为监护；

（7）检修人员应熟悉工作内容、工作流程，掌握安全措施，明确工作中的危险点，并履行确认手续。应对自己在工作中的行为负责，互相关心工作安全，并监督相关安全规程的执行和现场安全措施的实施。并且正确使用安全工器具和劳动防护用品。

7.9.2　检修工作流程

7.9.2.1　检修流程

计划或临时检修──→签发工作票──→接受指令（或按工作票填写倒闸操作票）──→断电──→验电──→装设接地线──→悬挂警示

牌与装设临时遮拦──→值班人员许可签字──→检修负责人检查签字──→检修负责人向检修人员交明工作任务及安全注意事项──→开始检修。

7.9.2.2 交付使用流程

检修工作结束──→检修与使用单位双方验收（重要设备应经电气负责人或专业工程师验收）──→拆除警示牌与临时遮拦──→拆除接地线──→完结工作票（值班人员及检修负责人共同签字）──→接受送电指令──→填写倒闸操作票──→设备试运行合格──→交付使用──→做好检修记录。

8　设备操作规程

8.1　颚式破碎机安全操作规程

8.1.1　开车前的准备

8.1.1.1　开车前检查

（1）应仔细检查轴承的润滑情况是否良好，轴承内及肘板的连接处是否有足够的润滑脂；

（2）应仔细检查所有的紧固件是否完全紧固；

（3）传动皮带是否良好，发现皮带有破损现象应及时更换，当皮带或皮带轮上有油污时，应用干净抹布将其擦净；

（4）防护装置是否良好，如发现防护装置有不安全的现象，应消除；

（5）检查破碎腔内有矿石或其它杂物时，应消除。

8.1.1.2　开车前试运行

（1）空载试车

连续运转 2h，应满足以下要求：轴承温升不大于 25℃，最高温度小于 65℃，润滑正常，无漏油现象；机器（飞轮、皮带轮）运转平稳，各连接、摩擦部位不得有异常响声；所有紧固件应牢固，无松动现象；

（2）载荷试车

待空载试车合格后，即可进行负荷试车，负荷试车时，必须待破碎机运转正常后，方能给料。停机时，必须使破碎腔内的物料全部排出后进行，通常生产时破碎腔中的物料高度不得超过破碎腔高度的80％。

负荷试车连续运转8h，应满足以下要求：

① 轴承温升不超过35℃，轴承最高温度不超过80℃；

② 颚板在工作时不应有上下或左右窜动现象；

③ 破碎机不得有异常声响；

④ 调整座、动颚滑槽间无明显的窜动；

⑤ 最大给料粒度应符合设计要求。

8.1.2 正常运行程序

（1）破碎机空载启动；

（2）检查设备无异响，正常运转后开始投料；

（3）物料均匀地加入破碎机腔内，避免侧面加料或堆满加料，以防单边过载、负荷突变或阻塞等现象；

（4）停车前先停止加料，待破碎腔内的被破碎物料全部排出后，关闭电动机。

8.1.3 停机

8.1.3.1 停机前的准备

停止向颚式破碎机加料。

8.1.3.2 停机程序

（1）待破碎机内物料全部排出；

（2）按下停止按钮，拉下电源开关；

（3）清理设备卫生。

8.1.4 安全操作要点

（1）用户根据现场实际情况对飞轮、槽轮、电机、进料口处制作安全防护罩；

（2）机器运转时，严禁任何调整、清理、加油和维护工作；

（3）破碎时，严禁将手伸入破碎腔取物，严禁从进料口上面窥视破碎腔，严禁在破碎腔内锤击大块物料或用钢棒伸入破碎腔内通料；

（4）保证进料均匀，出料畅通；

（5）禁止人工向破碎腔内抛料，以免造成飞轮、槽轮的损坏及物料伤人；

（6）在破碎机运转时，顶头螺栓必须退回，不得顶住调整座；

（7）电机上的积灰应定期清除，以免散热不良而烧坏电机。

8.1.5 异常情况处理

8.1.5.1 故障处理

颚式破碎机常见故障及处理方法见表8-1。

表 8-1　颚式破碎机常见故障处理

序号	故　障	故 障 分 析	故障排除方法
1	调整座与衬板间间隙过大	弹簧张力不够或调整过松	重新调整或更换
		弹簧折断	更换弹簧
		衬板磨损太大	更换衬板
2	轴承发热温度过高	缺润滑脂	加油
		轴承与轴承盖间隙过大或过小	调整间隔
		机器安装不平	重新校正水平
		负荷过重	均匀给料或减少给料
		油量过多或过少	调整油量
		油质不好或污垢太多,造成润滑不良	更换润滑油
		传动带过紧	调整传动带

序号	故　障	故　障　分　析	故障排除方法
3	排料口堵塞	被碎物料水分或杂物量过多	清除排料口积物控制过多水分和黏土
		排料口窄小	放大排料口尺寸
4	排料粒度增大	颚板磨损太大	更换或调头安装鄂板
5	弹簧折断	减少排料口(调节排料口间隙时未放松弹簧)	更换弹簧,重新调整
6	肋板折断	肋板与肋板垫偏斜	更换肋板
		物料进入肋板槽卡阻,肋板摆动不灵活	将物料清除干净
		破碎腔掉入超硬度的物料(如铁块)	加强人工与电磁选异料
7	偏心轴轴承或轴承座有异响	间隙过大轴承损坏	调整或更换轴承
8	齿板与侧衬板有金属撞击声	松动	紧固
9	飞轮空转,破碎机未工作,肋板从肋板座中脱落	弹簧破坏	检查、更换
		连杆破坏	检查、更换
		连杆螺母脱落	检查、更换

8.1.5.2　紧急停机

在遇见下列情况时可不经请示直接停止设备运行:

(1) 破碎机轴承的温升超过 35℃;

(2) 破碎时破碎机内物料严重堵塞时;

(3) 发生重大设备、操作事故以及其它危及操作人员人身安全事故时;

(4) 遇到火灾、触电等事故严重影响人身安全时。

8.1.5.3　紧急停机程序

(1) 按下紧急停车按钮,拉下电源开关;

(2) 向班长汇报急停原因,目前状况;

(3) 配合相关人员处理现场。

8.1.6 检查与维护

8.1.6.1 日常检查

（1）检查衬板，皮带轮和飞轮的键，各部件的连接螺栓有无松动，拉杆弹簧应完好，衬板无裂纹；

（2）检查推力板与支承垫的相互配合位置无偏移，串动；

（3）检查并按规定时间给润滑点加油，并注意轴承温度；

（4）检查各部件紧固螺栓，机座地脚螺栓无松动和脱落；

（5）检查破碎腔内各部衬板无松动，及时处理；

（6）检查动颚、定颚及衬板的磨损情况，必要时及时更换；

（7）检查拉杆弹簧的松紧适当，必要时更换。

8.1.6.2 基本维护

（1）保持设备外部清洁，每班对电机上的积灰进行清除，以免散热不良而烧坏电机；

（2）破碎机使用一段时间（一般一周左右）后，对紧固件进行全面检查和紧固。

8.1.7 检修

需要对设备进行检修时，按照附录2《设备检修交付工作制度》的规定进行检修工作的交接。

8.2 皮带运输机安全操作规程

8.2.1 开车前的准备

8.2.1.1 开车前的调试

（1）调整输送带的跑偏。头部输送带跑偏，调整头部传动滚动筒，调整好后将轴承座处的定位螺栓紧固；

（2）尾部输送带跑偏，调整尾部导向滚筒，或螺栓拉紧装置，调整好后将轴承座定位块紧固；

（3）中部输送带跑偏，调整上托辊（对上分支）及下托辊（对下分支），当调整一组托辊仍不足以纠正时，可连续调整几组，但每组的偏斜角度不宜过大；

（4）在局部位置跑偏，用调心托辊可以自动调整解决。

8.2.1.2　开车前的试运转

（1）试运转前应做如下检查

① 输送机的安装是否符合安全技术要求；

② 减速器和电动滚筒内是否按规定加够润滑油；

③ 清扫器、带式逆止器等部件的安装是否符合要求；

④ 电气信号是否正确；

⑤ 点动电动机，观察滚筒转动方向是否正确。

（2）试运转期间应进行下列工作。

① 检查输送机各运转部位有无异常声音；

② 各轴承有无异常温升；

③ 各滚筒、托辊的转动及紧固情况；

④ 调心托辊的灵活性及效果；

⑤ 输送带的松紧程度；

⑥ 各电气设备、按钮应灵敏可靠；

⑦ 由电工测空载电流、满载电流。

8.2.2　正常运行程序

（1）接通皮带输送机的电源开关；

（2）皮带输送机以空载启动；

（3）缓慢向皮带输送机送料。

8.2.3　停机

8.2.3.1　停机前的准备

（1）在接到停机指令后，停止供料；

（2）确认皮带上是否还有物料。

8.2.3.2 停机程序

待物料全部流尽，按下皮带运输机停机按钮，切断电源。

8.2.4 安全操作要点

（1）合上总电源开关，检查设备电源是否正常送入且电源指示灯是否亮；

（2）合上各回路的电源开关，检查是否正常；正常状态下设备不动作，皮带输送机运行指示灯不亮；

（3）按照工艺流程依次启动设备，上一台皮带机正常后再进行下一个皮带机的启动；

（4）各皮带输送机只能输送指定物料，严禁超载；

（5）严禁操作人员触及皮带输送机的转动部分，非电气人员不得随意接触电气元件；

（6）皮带输送机停运时，应按下停止按钮待皮带停止运行后方能切断总电源。

8.2.5 异常情况处理

8.2.5.1 故障处理

皮带运输机常见故障及处理方法见表 8-2。

表 8-2 皮带运输机常见故障处理

序号	现象	原因	故障排除方法
1	输送带打滑	胶带张力小	增加拉紧装置张力
		堵料现象	停车处理
2	输送带在两端跑偏	滚筒安装不符合技术要求	按技术要求调整
		滚筒表面积尘太多，由圆柱面变成圆锥面	清除表面积尘
3	输送带在中间跑偏	托辊组安装位置不当	调整托辊组位置
		胶带结头不正	重新安装胶带结头
4	输送带空载运转正常带负荷后跑偏	物料下料不正	使物料置于皮带中间

8.2.5.2　紧急停机

遇到下列紧急情况时，可以不经请示，直接采取紧急停机措施。

（1）皮带输送机严重跑偏或皮带坏；

（2）发生重大设备、操作事故以及其它危及操作人员人身安全的事故时。

8.2.5.3　紧急停机程序

（1）按下停止按钮，拉下电源开关；

（2）向班长汇报紧急停车原因，现场状况；

（3）配合相关人员处理现场。

8.2.6　检查与维护

8.2.6.1　日常检查

（1）检查运输皮带是否跑偏或磨损；

（2）检查运输皮带上有无杂物；

（3）检查皮带运输机减速器或电动滚筒是否缺油；

（4）检查皮带托辊转动是否灵活，是否偏离；

（5）检查输送带有无打滑、跑偏现象；

（6）托辊是否灵活，有无损坏；

（7）电机、轴承温度是否正常，地脚螺栓是否紧固；

（8）清扫器是否完好；

（9）挡辊是否正常，轴承座、电机、电滚筒或减速机有无异响。

8.2.6.2　基本维护

（1）保持设备和周围场地洁净，无积灰，无油垢；

（2）随时注意整机在运转中有无异声；

（3）经常注意减速器或电动滚筒的油位，及时添加润滑油；

（4）及时矫正偏离的托辊，更换转动不灵活的托辊；

（5）清理皮带上存在的杂物；

（6）及时更换受损严重的皮带；

（7）注意滚筒有无渗油现象，如有则及时消除。

8.2.7　检修

需要对设备进行检修时，按照附录 2《设备检修交付工作制度》的规定进行检修工作的交接。

8.3　斗式提升机操作规程

8.3.1　开车准备

8.3.1.1　开车前检查

（1）检查减速器油位是否在规定范围内；

（2）检查安全设施是否齐全牢固；

（3）盘车时无异常现象方可试车。

8.3.1.2　空负荷试车的要求

（1）在额定转速下运转时间不得少于 2h；

（2）注意观察运行部分（链条、料斗）运行情况，运行部分不能与相关部分发生碰撞或卡住现象；

（3）观察各轴承内温升是否正常，各密封处是否有漏油现象，在长期运行中，其轴承温升不得超过 35℃；

（4）检查传动装置的工作情况，减速机是否有异常噪声、振动和漏油现象，电气控制设备是否正常；

（5）仔细观察停车时逆止器的逆止效果是否可靠；

（6）停车后检查所有螺栓是否松动，若松动应予以拧紧。

131

8.3.1.3 负荷试车的要求

（1）在空运转后即进行负荷试车，负荷试车应在原设计规定的输送量和所拟输送物料的条件进行；

（2）观察电动机在负荷情况下，电流是否超过额定值，电气控制设备是否正常，减速机是否有异常噪声；

（3）在均匀给料的情况下，测定输送量是否符合设计要求，观察是否有回料和提升机下部物料阻塞现象；

（4）各润滑点温升是否正常，减速器运转时，最大油温不得超过 90℃；

（5）在提升机带负荷运行时，至少做 10 次负荷停车，以检查逆止器的作用，以保证提升机在突然停车时没有显著的反向运转；

（6）负荷试车中的缺陷全部清除后，方可移交生产。

8.3.2 正常运行程序

（1）提升机空载启动；

（2）添加物料，调节流量，保证不发生堵料、翻料现象。

8.3.3 停机

8.3.3.1 停机前的准备

接到停机指令后，停止供料。

8.3.3.2 停机程序

待物料全部流尽，按下提升机停止按钮，切断电源。

8.3.4 安全操作要点

（1）在长期运行中，其轴承温升不得超过 35℃；

（2）减速器运转时，最大油温不得超过 90℃；

（3）工作过程中发生故障应立即停止运转；

（4）禁止在运转时进行维修。

8.3.5 异常情况处理

8.3.5.1 故障处理

斗式提升机常见故障处理见表 8-3。

表 8-3 斗式提升机常见故障处理

序号	故障	故障分析	故障排除方法
1	料斗撞外壳	链条过长	链条改短
		有料斗变形	更换料斗
		张紧力不够	增加重锤或调整弹簧张力
2	提升机不动作	电源跳闸	合闸
		电机烧坏	更换电机
3	提升机滑链	链条过长	链条改短
		提升机下段卡死	清理提升机下段物质
4	提升机倒料	下料口挡板磨损或脱落	更换挡板

8.3.5.2 紧急停机

（1）提升机轴承温升超过 35℃或减速机油温超过 90℃；

（2）提升机工作过程中发生故障，如滑链、掉斗等；

（3）发生重大设备、操作事故以及其它危及操作人员人身安全的事故时。

8.3.5.3 紧急停机操作程序

（1）按下停止按钮，拉下电源开关；

（2）向班长汇报紧急停车原因，现场状况；

（3）配合相关人员处理现场。

8.3.6 检查与维护

8.3.6.1 日常检查

（1）链条、料斗是否变形和磨损；

（2）链条松紧程度是否合适，物料在进料口和底部是否有阻塞现象；

（3）链条、料斗紧固件是否松动脱落；

（4）减速器是否有异常噪声，振动现象；

（5）运转部分不能发生碰撞或卡阻现象；

（6）各轴承内温升是否正常，润滑点是否润滑，各密封处是否有漏油现象。

8.3.6.2　基本维护

（1）在下部区段的拉紧装置应调整适宜，以保证链条具有正常工作的紧张力，但不宜过紧；

（2）不定时进行进料口和提升机底部的卫生清理，防止有异物阻塞进料口；

（3）不定时打开观察孔察看料斗上的紧固件是否脱落，如有脱落现象，及时补加；

（4）在提升机减速器出现漏油时，把油污清理干净。

8.3.7　检修

需要对设备进行检修时，按照附录2《设备检修交付工作制度》的规定进行检修工作的交接。

8.4　称重皮带机安全操作规程

8.4.1　开车前的准备

8.4.1.1　开车前的调试

（1）调整输送带的跑偏。头部输送带跑偏，调整头部传动滚动筒，调整好后将轴承座处的定位螺栓紧固；

（2）尾部输送带跑偏，调整尾部导向滚筒，或螺栓拉紧装置，调整好后将轴承座定位块紧固；

（3）中部输送带跑偏，调整上托辊（对上分支）及下托辊（对下分支），当调整一组托辊仍不足以纠正时，可连续调整几组，但每组的偏斜角度不宜过大；

（4）在局部位置跑偏，用调心托辊可以自动调整解决。

8.4.1.2 开车前的试运转

（1）试运转前，除一般检查称重皮带的安装是否符合安全技术要求外，还应进行以下检查：

① 减速器和电动滚筒内是否按规定加够润滑油；

② 清扫器、带式逆止器等部件的安装是否符合要求；

③ 点动电动机，观察滚筒转动方向是否正确；

④ 电气信号是否正确。

（2）新安装的称重皮带机在正式投入使用前，应进行轻载运行，察看称重显示器显示是否正常。

（3）试运转期间应进行下列工作

① 检查输送机各运转部位有无异常声音；

② 各轴承有无异常温升；

③ 各滚筒、托辊的转动及紧固情况；

④ 调心托辊的灵活性及效果；

⑤ 输送带的松紧程度；

⑥ 各电气设备、按钮应灵敏可靠；

⑦ 由电工测空载电流、满载电流。

8.4.2 正常运行程序

（1）皮带输送机以空载启动；

（2）待运转正常后，逐步给料。

8.4.3 停机

8.4.3.1 停机前的准备

在接到停机指令后，停止给料。

8.4.3.2 停机程序

（1）按下称重皮带机停止按钮；

（2）把皮带称重显示器上显示的数据恢复为"0"，以便下次开车称重数据准确；

（3）关闭称重显示器。

8.4.4 安全操作要点

（1）必须以空载的方式启动皮带输送机；

（2）只有在皮带上物料输送完毕后方可进行停机；

（3）称重皮带机运转时严禁人员跨越；

（4）称重皮带机在运转中严禁接触各转运部件。

8.4.5 异常情况处理

8.4.5.1 故障处理

称重皮带机常见故障及处理方法见表8-4。

表 8-4 称重皮带机常见故障处理

序号	现象	原因	故障排除方法
1	输送带打滑	胶带张力小	增加拉紧装置张力
		堵料现象	停车处理
2	输送带在两端跑偏	滚筒安装不符合技术要求	按技术要求调整
		滚筒表面积尘太多，由圆柱面变成圆锥面	清除表面积尘
3	输送带在中间跑偏	托辊组安装位置不当	调整托辊组位置
		胶带结头不正	重新安装胶带结头
4	输送带空载运转正常带负荷后跑偏	物料下料不正	使物料置于皮带中间
5	称重显示不准确	未清零	停机清零
		传感器故障	更换

8.4.5.2 紧急停机

遇到下列紧急情况时，可以不经请示，直接紧急停机：

（1）皮带输送机严重跑偏或皮带损坏；

（2）轴承温升超过 35℃ 或减速机油温超过 90℃；

（3）发生重大设备、操作事故以及其它危及操作人员人身安全的事故时。

8.4.5.3 紧急停机程序

（1）按下停止按钮，拉下电源开关；

（2）向班长汇报紧急停车原因，现场状况；

（3）配合相关人员处理现场。

8.4.6 检查与维护

8.4.6.1 日常检查

（1）输送皮带是否跑偏或磨损；

（2）输送皮带上有无杂物；

（3）皮带输送机减速器或电动滚筒是否缺油；

（4）皮带托辊转动是否灵活，是否偏离；

（5）电机、轴承温度是否正常，地脚螺栓是否紧固；

（6）清扫器是否完好；

（7）挡辊是否正常，轴承座、电机、电滚筒或减速机有无异常声音；

（8）称重显示器显示的数据是否正常；

（9）称重传感器是否正常。

8.4.6.2 基本维护

（1）经常注意减速器或电动滚筒的油位，及时添加润滑油；

（2）及时矫正偏离的托辊，更换转动不灵活的托辊；

（3）清理皮带上存在的杂物；

（4）及时更换受损严重的皮带；

（5）注意滚筒有无渗油现象，如有则及时消除；

（6）保持设备和周围场地洁净，无积灰，无油垢。

8.4.7 检修

需要对设备进行检修时，按照附录 2《设备检修交付工作制度》的规定进行检修工作的交接。

8.5 沸腾炉安全操作规程

8.5.1 开车

8.5.1.1 开车前的准备

（1）新砌筑的炉体，需要根据砌筑技术要求，并在专业人员的指导下进行烘炉；

（2）准备燃煤，检查燃煤的粒度和水分是否符合要求；

（3）准备好司炉工具：钩、耙、锹、推车、锤子等；

（4）准备好点火材料：木柴、白煤粉、粗河砂，以及适量引火用油料、废棉纱等；

（5）利用视觉方法检查检查风帽是否堵塞，圆盘喂料机是否有异物；出渣系统（二次燃烧室，沉降室等）是否堵塞；

（6）检查风管、调节阀、鼓风机及引风机是否正常；

（7）检查给料及卸料装置有无异常；

（8）对热风系统（含配套设备）及烘干机挡轮、托轮、大小散齿、扬料板、支撑架、减速机件全面检查，确认无误后方能开车。

8.5.1.2 开车前的调试

（1）在主沸腾床上均匀铺上厚 100mm 干粗黄砂；

（2）开启引风风机；

（3）开启鼓风机，并调节鼓风机、引风机开度，至黄砂呈鼓泡状运动；观察沸腾状态，检查有无风帽堵塞；

（4）若有堵塞，则停风机将风帽掏通直至整个炉床均匀沸腾为止。

8.5.1.3 开车程序

（1）在主沸腾床上铺干粗黄砂至床料厚度约为 200mm，加入床料总量约 8% 的优质碎烟煤，开启风机使之混合均匀后停机。

（2）零位启动引风机。

（3）在料层上面放置一定量的木材，点火。待底砂出现发红，零位启动鼓风机，逐渐增加负荷，至河砂呈鼓泡状运行。同时调节引风机负荷，保障烟气不外溢影响环境，同时又不影响火的燃烧。

（4）观察炉内燃烧情况，逐步添加白煤粉，使炉膛温度达 800℃。

（5）待运行稳定后，启动圆盘喂料机给料，添加白煤粉或焦煤粉，升温到 800～1100℃。

（6）此时可根据运行情况，启动烘干物质给料系统进行烘干操作。

8.5.2 正常运行操作

（1）调节给煤量、给料量、鼓风机开度、引风机开度，保障炉膛温度在 800～1100℃ 范围内，进行烘干操作；

（2）若需要暂时停止烘干操作，则进行压火操作。

① 压火前，停止给物料，减少燃料给料量，迅速加入料层总量 7% 左右的煤粒后，待炉温下降到 950℃（肉眼观察呈橘黄色）左右。

② 关闭鼓风机和引风机，密闭风门和炉门，进入压火状态。关闭主风机半小时后再停止布袋收尘器运转、断开输送机电源和关闭贮气罐阀门。

③ 如压火时间 3 个小时以上，4 小时吹一次火；加燃料，待温度升到 950℃ 时，再次压火。

（3）若压火后需要继续烘干，则进行吹火操作。

① 开起鼓风机，逐步添加燃料，缓慢打开鼓风风门，使炉温逐步升高，达到 800℃ 时，开启引风机。同时不断搅拌炉料，扒去焦块。

② 增加引风机负荷，待整体炉料均匀地转为橘黄色后，开启圆盘喂料机，将煤粉送入沸腾炉。

③ 随着炉膛温度的升高，升高至 800～1100℃ 时，启动烘干物料等流程进行烘干操作。

8.5.3 停车

8.5.3.1 停车前的准备

物料储备足够时，确认干燥系统不再需要运行。

8.5.3.2 停车操作

(1) 接到停车的指令后，先停止给煤，待炉温下降到 800℃（肉眼观察呈橘红色）左右，关闭风机，迅速用加入料层总量 7% 左右的煤粒后，开启风机运行 3～4s，使煤与炉料充分混合，在炉温尚未上升之前关闭鼓风机和引风机，密闭风门和炉门，进入压火状态；

(2) 压火 30min 后，待回转烘干窑内物料全部输送完后，停烘干系统其它相关设备；

(3) 压（熄）火后约 1h，停除尘系统，打开排渣阀，停引风，同时逐步减少鼓风开度至 10%。

8.5.4 安全操作要点

(1) 停机时，只有待回转烘干窑温度冷却到 70℃ 以上，方可停回转烘干窑；

(2) 正常运行中添加煤粉应做到少加、勤加；

(3) 观察沸腾炉燃烧情况时，必须佩戴护目镜；

(4) 炉子点火或观察时，不得正面向里看，防止喷火烧伤；

(5) 点火时，柴油要烧尽，防止积油产生爆燃；

（6）如炉内火色发黄、发白或温度超过上限时，应停止供煤并向炉内加沙压火，以免炉内结焦；如火色变暗，应减少鼓风量时，再加适量煤粉；如突然断煤时，为防止死火，应立即停止鼓风。

8.5.5 异常情况处理

8.5.5.1 故障处理

沸腾炉常见故障及处理方法见表 8-5。

表 8-5 沸腾炉常见故障处理

序号	现象	原 因	故障排除方法
1	低温结焦	通常在点火或压火时出现，布风不均是其产生的主要原因，炉温偏低、火口没有及时扒散也可形成低温结焦	及时用耙子扒散较旺火口，控制在 600～700℃ 以前的升温时间，引火煤要做到勤投、少加、投散。 低温结焦可在升温过程中用料耙扒出
2	高温结焦	温度上升到 1100℃ 以上，不及时采取放底渣等降温措施，容易产生高温结焦。正常操作底砂过厚，喂燃煤量变大，或煤发热量变高，或风煤比控制不当，也易产生高温结焦	密切注意炉内变化情况，发现炉内湿度升高，多处发现小孔喷火时，迅速断煤，用超量的送风猛吹沸腾层，同时采用放掉过多的底渣，向沸腾层加入适量冷湿炉渣等措施。 结焦不严重时，可加大鼓风引风、除焦。严重结焦时停炉清除后再点火开炉

8.5.5.2 紧急停车

发生以下情况时，可采取紧急停车措施：

（1）沸腾炉炉膛内发生爆炸或炉膛发生垮塌等异常情况；

（2）沸腾炉墙及钢梁烧红现象时；

（3）布袋除尘器入口温度超标，引风机跳闸等其它危及安全的事故时。

8.5.5.3　紧急停车程序

（1）立即停止给煤；

（2）进行压火操作；

（3）停鼓风机，引风机系统；

（4）断开相应设备的电源开关；

（5）向班长汇报急停原因，现场状况。

8.5.6　检查与维护

8.5.6.1　日常检查

（1）炉膛温度等指标是否在正常范围内；

（2）炉内有无结焦现象；

（3）炉体有无变形，开裂，垮塌现象；

（4）风帽有无堵塞，损坏现象；

（5）炉内有无杂物。

8.5.6.2　基本维护

（1）及时更换损坏或堵塞的风帽；

（2）当出现结焦现象时，及时进行耙掉或处置；

（3）清理炉内存在的杂物；

（4）保持设备和周围场地洁净，无积灰，无油垢。

8.5.7　检修

设备的检修按照附录2《设备检修交付工作制度》进行。

8.6　电动葫芦安全操作规程

8.6.1　开车准备

开车前需要做好以下的调试工作。

（1）电极主轴窜动量的调整

开车前调整小车轮缘与轨道翼缘间隙，保证在 3～5mm 之间，锥形转子电动机主轴轴向窜动量一般在 1.5mm 时，制动效果最佳，如果电动葫芦在额定载荷时下滑量过大，须进行调整，调整方法如下：5 吨及其以下葫芦电机的调整：取下尾罩，旋掉固定调整螺母的四支螺钉用扳手按顺时针方向将调整螺母旋至极限位置，再逆时针旋一圈，然后装上紧固螺钉即可。

（2）限位器的调整

限位器的调整时通过调整限位杆上的两个撞块实现的，调整的方法是：松开撞块上的螺钉，撞块分置于导绳器卡板两侧，卡板能自如的推动撞块移动，启动电机开始起升，卡板推动上限撞块移动，升至吊钩滑轮外壳上沿距卷筒外壳下沿 150～50mm 时，停止上升，点动下降按钮，导绳器向回移动 10mm 左右时，停机，移动上限撞块靠近卡板，旋紧螺钉即可。

下限位置的调整同上，只是方向相反，但必须保证吊钩处于最低位置时，卷筒上留有 3 圈以上钢丝绳。

（3）开车前的试运行

① 空载运行

a. 用手按下相应按钮，检查各机构动作是否与按钮装置上标定的符号相一致，确定正确后，应再连续各作两个循环；

b. 将吊钩升降至极限位置，察看限位器是否可靠；

c. 点动按钮，目测电极轴轴向窜动量，应在 1～2mm 范围内；

d. 经空载试验后，无异常，即可进行负载试验。

② 静载试验

额定电压下，以 1.25 倍的额定载荷，起升离地面 100mm，静止 10min 后卸载，检查有无异常现象；

③ 动载试验

额定电压，以 1.1 倍的额定载荷进行动载悬空试验，试验周期为 40s：升 6s、停 14s、降 14s、停 6s，如此进行 15 周期，试验后目测各部位有无异常现象，无异常则合格。

8.6.2　正常运行程序

（1）将电动葫芦运行到吊运物料正上方；

（2）将吊运物料固定牢靠；

（3）点动电动葫芦，使物料缓慢提升高于地面 0.5m，防止物料大幅晃动；

（4）将物料吊运至指定位置。

8.6.3　停机

（1）卸下吊运物料；

（2）起升吊钩至电动葫芦下 1m 处；

（3）拉开电源的总闸，切断电源。

8.6.4　安全操作要点

（1）特种设备作业人员应持证上岗；

（2）超载或物体重量不清，吊拔埋置物及斜拉，斜吊等；

（3）电动葫芦的制动器、限位器失灵、吊钩螺母防松装置损坏，钢丝绳断丝超过规定应立即停止运行；

（4）吊挂不牢或不平衡而可能滑动，重物棱角处与钢丝绳之间未加衬垫；

（5）作业地点昏暗，无法看清场地和被吊物；

（6）无下限限位器的电动葫芦，在吊钩处于最低工作位置时，卷筒上的钢丝绳必须保留 3 圈以上安全圈；

（7）使用中如有异常响声，应遵循先停车后检查，排除故障后再开车程序；

（8）重物接近或达到额定载荷时，应先作小高度短行程试吊再以最小高度吊运，吊重物运行时不得从有人的上方通过；

（9）不得利用限位器停车，不得在吊起重物时调整制动器，进行检查和维修；

（10）起吊物体、吊钩在摇摆状态下不能起吊；

（11）严禁用电动葫芦手电门线拉其它物体；

（12）电动葫芦不工作时，不允许把重物悬于空中，防止零件产生永久变形；

（13）钢丝绳上油时应该使用硬毛刷或木质小片，严禁直接用手给正在工作的钢丝绳上油。

8.6.5 异常情况处理

8.6.5.1 故障处理

电动葫芦常见故障及处理方法见表8-6。

表 8-6 电动葫芦常见故障处理

故 障	异常情况	处理措施
启动后，电机不转，不能提起重物	过度超载	不允许电机超载使用
	电压比额定电压低10％以上	等电压恢复正常再使用
	电器有故障，导线断开或接触不良	检修电器与线路
	制动轮与后端盖锈蚀咬死，制动轮脱不开	卸下制动轮，清洗锈蚀表面
制动不可靠，下滑距离超过规定要求	因制动环磨损或其它原因，使弹簧压力减小	按开车前调试方法进行调试
	制动环与后端盖锥面接触不良	拆下修磨
	制动面有油污	拆下清洗
	制动环松动	更换制动环
	压力弹簧疲劳	更换弹簧
	联轴器窜动不灵或卡死	检查其联结部分
电动机温度异常	超载使用	不允许超载使用
	作业过于频繁	按 FC30％工作制
	制动器间隙太小，运转时制动环未完全脱开，相当于附加载荷	重新调整间隙

续表

故　障	异常情况	处理措施
减速器响声过大	润滑不良	拆卸检修
	齿轮过度磨损,齿间间隙过大	
	齿轮损坏	
	轴承损坏	
启动时电机有异常	电源及电机少相	检修或更换接触器
	交流接触器接触不良	
重物升至半空中,停车后不能再启动	电压过低或波动大	等电压恢复正常后再起动
启动后不能停车,或者到极限位置时仍不能停车	交流接触器触头熔焊	迅速切断总电源拆卸检修或更换交流接触器
	限位器失灵	
减速器漏油	箱体与箱盖之间,密封圈装配不良或失效损坏	拆下检修或更换密封圈
	联接螺钉未拧紧	拧紧螺钉
电机锥形转子与定子间隙太小发生摩擦	电机轴上支撑圈磨损严重,转子铁芯轴向位移或定子铁芯位移	拆下更换支撑圈,使定子转子锥面之间有均匀的间隙,每边为 0.35～0.55mm

8.6.5.2　紧急停机

遇到以下紧急情况时,可不经请示直接采取紧急停机措施:

(1) 在运行过程中升降机构突然失灵;

(2) 减速机齿轮严重磨损,不能正常转动;

(3) 钢丝绳缠绕在其它物件上;

(4) 在运行过程中电机、减速机温升超过 90℃时;

(5) 发生操作事故以及其它危及操作人员人身安全事故时。

8.6.5.3　紧急停机程序

(1) 按下停止按钮,拉下电源开关;

(2) 向班长汇报急停原因;

（3）配合相关人员处理现场。

8.6.6　检查与维护

8.6.6.1　日常检查

（1）钢丝绳钢绳能否继续可靠使用或更换；

（2）轴承座是固定牢靠的，轴承盖是否紧密，轴承内润滑油是否充足以及垫料是否紧密；

（3）卷筒和滑轮的轮缘的凸缘是否完整无缺，轴承润滑系统是否良好，滑轮能否在轴上自由回转，以及轴承和轴的固定是否牢靠；

（4）联轴节是否牢固地固定在轴上，联节两半联轴节用的螺栓是否旋紧，有无松动以及在工作时是否跳动等现象。

8.6.6.2　基本维护

（1）轴承在换油时必须将轴承用煤油清洗，轴承的温度在正常工作情况下应不超过80℃。轴承的温度过高可能是由于污秽、润滑不良、安装不正确或其它的配件损坏所造成的；

（2）齿轮联轴器内必须定期加润滑脂。

8.6.7　检修

需要对设备进行检修时，按照附录2《设备检修交付工作制度》的规定进行检修工作的交接。

8.7　卷扬机安全操作规程

8.7.1　开车前的准备

8.7.1.1　开车前的检查

（1）使用前应全面检查卷扬机的机械装置和电器系统。机械装置应润滑充分、动作灵活、声音正常，齿轮咬合时声音应正常，如有异常声音应停机检修。特别是制动器应松紧适度、控制开关操作灵活、切换正确无误；

（2）卷扬机固定牢固，弹性联轴器不得松旷，并应检查安全装置、防护装置、电气线路、接零或接地线、制动装置和钢丝绳等；

（3）点动卷扬机，卷筒旋转方向应与操纵开关上的指示方向一致；

（4）钢丝绳应与卷筒连接牢固，不得与机架或地面摩擦；

（5）在卷扬机行程范围内，不得有障碍物或阻卡现象。

8.7.1.2 开机

卷扬机应空载试运行正常后方可投入使用。

8.7.2 正常运行程序

（1）准确掌握卷扬机拖运物料的特性，拖运量及工作条件；

（2）润滑点定期加油，及时更换不符合要求的钢丝绳。

8.7.3 停机

（1）停止卷扬机运行，松开钢丝绳上重物；

（2）断开卷扬机电源；

（3）检查绳鼓上钢丝绳是否缠绕整齐。

8.7.4 安全操作要点

（1）作业中，任何人不得跨越正在作业的卷扬钢丝绳。卷扬机启动后，操作人员不得离开卷扬机；

（2）作业中如发现异常声音、制动不灵、制动带或轴承等温度剧烈上升等异常情况时，应立即停机检查，排除故障后方可使用；

（3）卷筒上的钢丝绳应排列整齐，当重叠或斜绕时，应停机重新排列，严禁在转动中用手拉脚踩钢丝绳；

（4）卷扬机运行时，为保证钢丝绳端固定牢固，余留在卷筒

上的钢丝绳不得少于5圈;

(5) 保证钢丝绳绕入卷筒的中部并与卷筒轴线垂直,以保证卷筒受力对称性,以保证在使用过程中不因受侧向力而发生设备故障;

(6) 卷扬机缠绕多层钢丝绳时,应保证钢丝绳按顺序逐层地紧缠在卷筒上,从而依次排列整齐。钢丝绳最外一层应低于卷筒两端凸缘高度一个绳径。

8.7.5 异常情况处理措施

8.7.5.1 故障处理

卷扬机常见故障及处理方法见表8-7。

表 8-7 卷扬机常见故障处理

序号	故障	故障分析	故障排除方法
1	输入端漏油	油量过多	放掉多余油量至油标端部2cm刻度即可
2	油窗盖漏油	螺钉松动、脚垫错位	放正脚垫,旋紧螺钉
3	制动部位有冲击声,转动抖动	制动轮轮销松动,缓冲胶套磨损	旋紧轮销螺母;更换缓冲胶套
4	制动失灵	制动闸瓦磨损	调整制动顶杆,更换闸瓦
5	制动电磁头发烫,放松迟缓	电磁铁电源接触不良,制动顶杆电磁铁过量、吸合困难	检查电源接头,调整顶杆电磁衔铁只有状态的接触距离不大于15mm,认为松刹不困难为宜

8.7.5.2 紧急停机

遇到以下紧急情况时,可不经请示直接采取紧急停机措施:

(1) 拖运货物脱轨;

(2) 钢丝绳突然断裂;

(3) 制动器失灵。

8.7.5.3 紧急停机程序

(1) 按下停止按钮;

（2）向班长汇报停机原因；

（3）协助检修人员进行处理。

8.7.6　检查与维护

8.7.6.1　日常检查

（1）随时检查钢丝绳有无断裂，绳卡是否坚固、打结、交缠或碰到障碍物，及时更换有断裂迹象的钢绳；

（2）经查检查轨道是否变形，所有地滑轮是否正常灵活；

（3）紧固松动的连接件及地脚螺栓。

8.7.6.2　基本维护

（1）保持钢绳清洁；

（2）绳筒、轴瓦及减速器及时补充润滑油；

（3）更换损坏的地滑轮。

8.7.7　检修

需要对设备进行检修时，按照附录 2 的规定进行检修工作的交接。

8.8　双梁桥式起重机安全操作规程

8.8.1　开车前的准备

8.8.1.1　开车前的调试

经外部检查及用手转动起重机各机构一切都很正常，方能进行空载试车。

（1）按下列程序对小车机构进行试车

① 用手转动制动轮，当最后一根被动轴（如卷筒和小车轮轴）旋转一周时，所有传动机构都应平稳转动，不得有卡阻现象；

② 再开动电动机使小车各机构在空载下转动，此时所有的传动机构和其它部分零部件不得有不正常现象，在反转方向时联轴器不得有冲击响声；

③ 试运行起升机构时，应将悬挂具升降三次，试验小车运行机构时，使小车沿大车桥架往返运行三次，此时应详细检查极限开关。

（2）按下列程序试验大车运行机构

① 做手动空转试验，用手转制动轮，当车轮旋转一周时，传动机构所有部分都应平稳转动，此时应检查和纠正车轮与轨道的接触不良缺陷；

② 开动电动机，使起重机先慢车行走几次，然后以正常速度行走，此时行机构所有部件都应平稳地工作，没有振动，冲击等现象；

③ 沿厂房行车轨道往返移动几次，检查大车运行是否平稳。

（3）负荷试车

无负荷运转试验后，才进行负荷试验，先做静负荷试验，再做动负荷试验；负荷试验的目的是为了检查大车起升机构及其部件的强度和刚度（包括检查起重机轨道的强度）。

（4）负荷试车应检查：

① 起重机金属结构的横梁结合处的螺栓和焊接的质量；

② 机械设备金属结构和吊具的强度和刚性；

③ 制动器开关是否灵活；

④ 减速器无杂音及漏油现象；

⑤ 润滑部分的润滑性良好，轴承温升不超过规定；

⑥ 各机构在运行时应平稳、无振动现象。

（5）静负荷试车

① 将小车开到大车一端在量柱上划出零位（即此时梁的下挠度）作为零；

② 再将小车开到大车中部，起吊等于额定起重机的荷重升到一定高度（一般为 100mm）空悬荷重 10min，此时测量大梁的下挠度，大梁的下挠度不应超过跨度的 1/700，不允许大梁永久变形；

③ 若没变形，就作超荷重 25％的试车，超荷重试车方法和条件与额定荷重试车时相同，若下挠度超过跨度的 1/700，则再作一次额定荷重的静负荷试车。

（6）动负荷试车

静负荷试车后，方可作动负荷试车；动负荷试车在超额荷重 10％下，反复作起升和下降试车，在负荷下作移动构件试车和作大车小车运行终点、开关的试验。

（7）电气部分试验

① 起升机构反复运转的时间不超过 10min，运行机构反复运转的时间不超过 20min。如在起升机构和运行机构交替运转情况下，试验时间不受限制，只有当机构完全停止后，才能反转；

② 当控制器在不同位置时，检查电动机运转是否正常；

③ 检查各种限位装置和连锁装置在运转时是否正常；

④ 电气设备在运转中电动机和电气设备的温升不得超过规定值，各连接点不得有烧灼现象。

8.8.1.2　开车前的试运行

起重机在试运行时，抓斗本身重量应计算在起重机额定起重量之类，若抓斗本身重量为 1200kg，则 5t 起重机所抓物料的重量不超过 3800kg。

8.8.2　正常开车程序

（1）双梁桥式起重机前认真检查设备机械、电气部分和防护保险装置是否完好、可靠；

（2）双梁桥式起重机升降时，操纵主控器，注意主控器的每一挡位置要相互对准；操纵主控器，操纵钢绳升降；正常使用时应将主控器手柄推至第五挡在切除全部启动电阻下运转；

（3）操作控制器手柄时，先从"0"位转到第一挡，然后逐级换挡加减速度；换向时，必须先转回"0"位；当接近卷扬限位器、大小车临近终端或与邻近行车相遇时，速度要缓慢；

（4）起升重要物品时，不论重量多少，先稍微起升重物离开地面 0.5m，验证制动器的可靠性以后再正常起升工作；

8.8.3　停车

8.8.3.1　停车准备

操作人员在接到地面停机信号时，卸下所吊物件。

8.8.3.2　停车程序

（1）停车时应将吊钩升至接近上极限 2m 处，禁止在空中悬吊挂具、吊物；

（2）将起重小车停放在主梁离大车滑触线的另一端 2m 处；

（3）大车开到固定停放位置；

（4）把所有控制器手柄应回零位，将紧急开关扳转断路，拉下保护柜刀开关，关闭司机室门后下车。

8.8.4　安全操作要点

（1）起重工须持有操作证者方能独立操作，未经专门训练或考试不得单独操作；

（2）每班运行前进行一次空载试验，检查各部位有无缺陷，安全装置是否灵敏可靠；

（3）起重工在得到指挥信号后方能进行操作，双梁桥式起重机启动时应先打警铃；

（4）严禁两台双梁桥式起重机同时起吊同一物件；

（5）如果控制器、制动器、限位器、电铃、紧急开关等主要附件失灵，严禁吊运；

（6）当双梁桥式起重机发生危险时，均需停车并立即切断电源；

（7）工作停歇时，不得将起重物悬在空中停留；

（8）运行中，落放吊件时应打铃警告，严禁吊物在人上方越过，吊运物件离地不得低于 2m；

（9）行驶时注意轨道上有无障碍物；

（10）不准用反车代替制动、限位器代替停车；

（11）运动中发生突然停电，必须将开关手柄放置"0"位。起吊件未放下或索具未脱钩，不准离开行车操作岗位；

（12）应在规定的安全走道、专用站台行走或扶梯上下；大车轨道两侧除检修外不准行走；小车轨道上严禁行走；不准人员从一台桥式双梁起重机跨越到另一台桥式双梁起重机；

（13）双梁桥式起重机运行时，严禁有人上下扶梯；

（14）严禁在运行时进行检修和调整机件；

（15）起重机带重物运行时，重物最低点离重物运行线路上的最高障碍物至少 0.5m；

（16）起重工必须严格执行"十不吊""六不准"

① "十不吊"

a. 超载或被吊物重量不清不吊；

b. 指挥信号不明确不吊；

c. 捆绑、吊挂不牢或不平衡，可能引起滑动时不吊；

d. 被吊物上有人或浮置物时不吊；

e. 结构或零部件有影响安全工作的缺陷或损伤时不吊；

f. 遇有拉力不清的埋置物件时不吊；

g. 工作场地昏暗，无法看清场地、被吊物和指挥信号不明时不吊；

h. 被吊物棱角处与捆绑钢绳间未加衬垫时不吊；

i. 歪拉斜吊重物时不吊;

j. 容器内装的物品过满时不吊。

② "六不准"

a. 上班时间不准睡觉,不准离开操作室和做与工作无关的事情;

b. 上班前、上班期间不准喝酒;

c. 未按规定穿戴好防护用品不准工作;

d. 不准吸烟;

e. 未戴安全帽不准工作;

f. 安全设施不全不准行车运行。

8.8.5 异常情况处理

8.8.5.1 异常情况处理措施

双梁桥式起重机常见故障及处理方法见表8-8。

表 8-8 双梁桥式起重机常见故障处理

序号	故障	异常情况	处理措施
1	启动后,电机不转,不能提起重物	超载	严格按额定载重操作
		电压比额定电压低10%以上	等电压恢复正常在使用
		电器有故障,导线断开或接触不良	检修电器与线路
		制动轮与后端盖锈蚀咬死,制动轮脱不开	卸下制动轮,清洗锈蚀表面
2	制动不可靠,下滑距离超过规定要求	因制动环磨损或其它原因,使弹簧压力减小	按开车前调试方法进行调试
		制动环与后端盖锥面接触不良	拆下修磨
		制动面有油污	拆下清洗
		制动环松动	更换制动环
		压力弹簧疲劳	更换弹簧
		联轴器窜动不灵或卡死	检查其联结部分

续表

序号	故障	异常情况	处理措施
3	电机温度异常	超载使用	严格按额定载重操作
		作业过于频繁	按FC30％工作制
		制动器间隙太小,运转时制动环未完全脱开,相当于附加加载荷	重新调整间隙
4	减速器响声过大	润滑不良	拆卸检修
		齿轮过度磨损,齿间间隙过大	
		齿轮损坏	
		轴承损坏	
5	启动时电机有异常	电源及电机少相	检修或更换接触器
		交流接触器接触不良	
6	重物升至半空中,停后不能再启动	电压过低或波动大	等电压恢复正常后再启动
7	启动后不能停车,或者到极限位置时,仍不能停车	交流接触器触头熔焊	迅速切断总电源拆卸检修或更换交流接触器
		限位器失灵	
8	减速器漏油	箱体与箱盖之间,密封圈装配不良或失效损坏	拆下检修或更换密封圈
		连接螺钉未拧紧	拧紧螺钉
9	电机锥形转子与定子间间隙太小发生碰擦	电机轴上支撑圈磨损严重,转子铁芯轴向位移或定子铁芯位移	拆下更换支撑圈,使定子转子锥面之间有均与的间隙,每边为0.35～0.55mm
10	运行时有杂音	滚动轴承损坏	更换滚动轴承
		齿轮磨损严重	更换齿轮
11	结合面或轴端漏油	油面过高	将油放到规定位置
		上下结合面螺栓没拧紧或变形	拧紧或研磨
		上下结合面密封失效	重新密封
		轴封损坏	更换轴封
12	机壳温升高	缺润滑油	加油至规定值
		轴承损坏	更换轴承
		超负荷运转	降低负荷

8.8.5.2 紧急停车

遇到以下紧急情况时，可不经请示直接采取紧急停车措施。

（1）双梁桥式起重机在运行过程中升降机构突然失灵；

（2）双梁桥式起重机减速机齿轮严重磨损，不能正常转动；

（3）在运行过程中行车电机、减速机温度超过 90℃ 时；

（4）发生操作事故以及其它危及操作人员人身安全事故时。

8.8.5.3 紧急停车程序

（1）按下停止按钮，拉下电源开关；

（2）向班长汇报急停原因；

（3）配合检修人员处理现场。

8.8.6 检查与维护

8.8.6.1 日常检查

（1）钢丝绳断丝在允许范围内；

（2）轴承座是固定牢靠的，轴承盖是否紧密，轴承内润滑油是否充足以及垫料是否紧密；

（3）卷筒和滑轮的轮缘的凸缘是否完整无缺；

（4）轴承润滑系统是否良好，滑轮能否在轴上自由转动，以及轴承和轴的固定是否牢靠；

（5）联轴节是否牢固地固定在轴上，两半联轴节用的螺栓是否旋紧。

8.8.6.2 基本维护

（1）轴承在换油时必须将轴承按规范清洗；

（2）轴承的温度在正常工作情况下应不超过 80℃；

（3）齿轮联轴器内定期加润滑脂。

8.8.7　检修

需要对设备进行检修时，按照附录2《设备检修交付工作制度》的规定进行检修工作的交接。

8.9　高压风机安全操作规程

8.9.1　开车

8.9.1.1　开车前的检查

（1）主引风机地脚螺栓是否松动，油位是否正常，冷却水是否打开；

（2）清除除尘器内外杂物，积灰和油污，清除埋刮板机内的金属块和其它块状杂物；

（3）检查孔、管道等处是否漏风；

（4）阀门动作是否灵活可靠，位置是否正确；

（5）减速机润滑油是否正常，密封阀门动作灵活，封闭严密；

（6）电机防护罩是否齐全、完整。

8.9.1.2　开车前的试运转

试运转时观察电流，不要超过电动机的额定电流，运行时间为2h，同时测量电机部位的振动值和轴承温升，振动值小于或等于6.3mm/s，轴承温升不超过35℃。

8.9.1.3　开车程序

（1）调节风机进口阀门开度到10％；

（2）打开风门出口阀；

（3）启动风机电机；

（4）根据运行情况调整进风阀门开度。

8.9.2 正常运行

（1）检查风机机组各部分的间隙大小，转动部分不允许有碰撞，所有固定零件应拧紧；

（2）检查电气线路及仪表安装是否正确和完好；

（3）在电机启动过程中，应严格检查机组的运转情况，发现有强烈的噪声或剧烈的振动，应立即停车检查，并消除故障；

（4）当风机启动达到正常状态时，逐渐打开进风口阀门。

8.9.3 停车

8.9.3.1 停车前的准备

准备相应的清灰工具。

8.9.3.2 停车程序

缓慢打开配风阀，同时逐渐关闭出口阀直至全关，当电流降至最低时，按下停车按钮，最后关闭进风阀。

8.9.4 安全操作要点

（1）随时注意风机轴承润滑是否良好、冷却情况及温度变化情况；

（2）轴承工作温度不超过80℃；

（3）注意机组有无振动及撞击声；

（4）不允许风机长时间在超负荷状态下运行；

（5）引风机维护工作注意事项

① 只有风机设备完全正常的情况下，方可运转；

② 如风机设备在检修后启动时，注意风机各部位是否正常；

③ 为确保人身安全，风机的维护必须在停机时进行。

（6）风机正常运转注意事项

在风机开车、停车或运转过程中，如发现不正常现象应立即进行检查，设法消除，如发现故障应立即停车，进行检修。

8.9.5　异常情况处理

8.9.5.1　故障处理

（1）风机剧烈振动

① 风机轴与电机轴不平行、调整风机与电机中心轴；

② 机壳或进风口与叶轮摩擦，查看机壳或进风口与叶轮之间有无杂物卡住；

③ 基础的刚度不够或不牢固，加强风机地基基础；

④ 叶轮铆钉松动或叶轮变形，拧紧叶轮铆钉，校正或更换叶轮；

⑤ 叶轮轴盘孔与轴配合松动，调整轴盘孔与轴之间的松紧度；

⑥ 机壳、轴承座与支架、轴承座与轴承盖等联接螺栓松动，拧紧各松动部位；

⑦ 风机进、出口管道安装中心线错位，产生共振，校正风机进出口管道安装位置，使其在同一直线上；

⑧ 叶片有积灰、污垢、叶片磨损、叶轮变形、轴弯曲。使转子产生不平衡，定期清扫叶片上的积灰，更换和校正叶轮。

（2）轴承温升过高

① 轴承箱剧烈振动，轴承箱摆放不平稳，调整轴承箱基线；

② 润滑剂质量不良、变质或含有灰尘、沙粒、污垢等杂质或填充量不足，检查润滑剂是否符合标准，经过"五定、三过滤"规定进行油品的过滤合格后再进行添加；

③ 轴承盖、座联接螺栓张力过大或过小，调整张力松紧度；

④ 轴与滚动轴承安装歪斜，前后两轴承不同心，调整轴与滚动轴承中心线；

⑤ 滚动轴承损坏或轴弯曲，更换轴承；

⑥ 冷却水过少或中断，加大冷却水流量。

(3) 电机电流过大或温升过高

① 开车时进、出气管道闸门未关；

② 电机输入电压低或电源单相断电；

③ 受轴承箱剧烈振动的影响；

④ 主轴转速超过额定值；

⑤ 风机输送之气体密度过大或温度过低，使压力过大。

8.9.5.2 紧急停车

当出现下列情况时应采取紧急停车措施：

(1) 轴承温度迅速上升至>65℃或出现剧烈波动；

(2) 风机机体发生剧烈振动或撞击；

(3) 电动机、风机轴承等部位冒烟或着火；

(4) 机组转子轴向位移大于 0.5mm。

8.9.5.3 紧急停车程序

(1) 按下紧急停车按钮，拉下电源开关；

(2) 向班长汇报急停原因，现场状况；

(3) 配合检修人员处理现场。

8.9.6 检查与维护

8.9.6.1 日常检查

(1) 风机电机温度是否正常；

(2) 风机减速机油位是否正常；

(3) 叶轮是否完好；

(4) 轴与滚动轴承是否偏离中心线。

8.9.6.2　基本维护

（1）定期清除引风机内部特别是叶片处积灰污垢等杂质，并防止生锈；

（2）除风机检修后更换润滑剂外，正常情况下每月更换一次润滑剂。

8.9.7　检修

需要对设备进行检修时，按照附录2《设备检修交付工作制度》的规定进行检修工作的交接。

9 DCS 技术在内燃式电石炉中的应用

9.1 DCS 控制系统简介

DCS 系统（Distributed Control System，分散控制系统）是随着现代大型工业生产自动化的不断兴起和过程控制要求的日益复杂应运而生的综合控制系统，它是计算机技术、系统控制技术、网络通信技术和多媒体技术相结合的产物，可提供窗口友好的人机界面和强大的通讯功能，是完成过程控制、过程管理的现代化设备。

系统的主要技术概述如下。

系统主要由现场控制站（I/O 站）、数据通讯系统、人机接口单元（操作员站 OPR、工程师站 ENG）、机柜、电源等组成。系统具备开放的体系结构，可以提供多层开放数据接口。

硬件系统在恶劣的工业现场具有高度的可靠性、维修方便、工艺先进。底层汉化的软件平台具备强大的处理功能，并提供方便的组态复杂控制系统的能力与用户自主开发专用高级控制算法的支持能力；易于组态，易于使用。支持多种现场总线标准以便适应未来的扩充需要。

系统的设计采用合适的冗余配置和自诊断功能，具有高度的可靠性。系统内任一组件发生故障，均不会影响整个系统的工作。

系统的参数、报警、自诊断及其它管理功能高度集中在电脑上显示和在打印机上打印。

系统的网络结构具有可靠性、开放性及先进性。在系统操作层，采用冗余的 100Mbps 以太网；在控制层，采用冗余的 100Mbps 工业以太网，保证系统的可靠性；在现场信号处理层，PROFIBUS 总线连接中央控制单元和各现场信号处理模块。

系统采用开放并且可靠的 WINDOWS 操作系统，标准的控制组态软件，可以实现任何监测、控制要求。

系统具有可扩展性和可裁剪性。可保证整个控制的经济性。

9.2　DCS 控制方案简介

电石生产系统采用 DCS 控制技术可以对碳素原料的干燥、碳素原料配料及输送、电炉炉料配料及加料、电极压放、电极升降、循环水温度监测、炉气除尘处理系统实现远程控制。

上述每个板块的操作主要包含手动/自动选择、参数设置、重要联锁开关的投入/切除以及紧急情况的处理等。

DCS 系统主要设备有操作站、工程师站、主控柜、辅助柜、组态软件、打印机、音响和 UPS 电源等。

9.2.1　干燥碳素原料

自动检测来自沸腾炉热风的温度数据，并输入 DCS 系统（同时在现场显示）；DCS 按照工艺设定的热风温度自动调节热风进风口的配风阀，控制进入回转烘干窑的热风量，达到碳素原料脱水的要求。

9.2.2　碳素原料的配料

（1）手动配料

输送岗位的操作人员在现场设置焦炭、白煤等碳素原料的配比参数，同时将控制方式切换到"就地控制"，启动焦炭、白煤等碳素原料的输送设备后，再启动对应的称重皮带秤，并设置称重皮带秤的输送流量，将碳素原料输送至电炉工序的碳素原料储仓。

（2）自动配料

由 DCS 操作人员在控制面板上选择要加料的碳素原料储仓或由 DCS 系统自动识别需要加料的碳素原料仓，在控制面板上设置焦炭、白煤碳素原料的比例、自动计算输送总量，DCS 按顺序和延时启动输送系统，并根据碳素称量皮带的瞬时流量实时自动调节各种碳素原料之间的比例，输送完成后按顺序和延时自动停止输送系统。输送过程中任一台输送设备出现故障信号时，DCS 自动立即停止该设备前的所有输送设备，顺序延时停止该设备后的输送设备。碳素原料输送量实现累计记录。

系统自动加料的过程中若出现故障或其它意外情况，可点击"急停"按钮来停止所有的输送设备。程序发生故障进行处理后，点击复位程序，又可重新使用。

9.2.3　炉料的配料

9.2.3.1　自动配料

根据生产技术负责人下达的炉料配比指令，在 DCS 控制屏设定炉料配比和石灰碳素重量即可完成炉料配比作业，配比的上下限可按照需要调整。

例如 DCS 操作人员在控制屏上单击石灰键设定下面的重量，输入要加入的石灰重量数据后，回车确认；再设定碳素的重量或与石灰的比例，按下启动按钮，即完成配料。

另外，在电炉需要添加副石灰时，也可以在 DCS 控制屏上设置石灰重量，单独加石灰。

9.2.3.2　人工配料

在生产现场设有就地控制按钮，炉面操作人员现场启动石灰或碳素原料的下料阀和振动给料机分别称量，按照规定的炉料配比进行人工配料。

9.2.4　电炉加料

9.2.4.1　加料方式

（1）自动加料

DCS 系统在自动配料完成后，根据电炉炉面加料人员加料指令，由主控操作人员启动加料程序，完成电炉加料。

（2）手动加料

将控制方式由自动切换到手动，炉面操作人员可在现场手动设定炉前加料箱上的配料量，完成配料作业。比如要加入 300kg 石灰和 200kg 碳素，先启动石灰的配料电机，然后选择快加，观察计量斗的重量显示变化，当石灰计量斗重量接近 300kg 时切换到慢加，加到 300kg 时，关闭石灰配料电机。

碳素原料的计量操作与石灰类似。

当两个计量斗都加满量之后，设置石灰的振动电机频率，比如石灰仓的振动电机频率设置为 20%，则碳素的频率应设为约 8% 左右（参数根据实际需要可进行调整，以达到最佳的混料效果），这时先开启下料阀，再开启混合给料机，最后开石灰和碳素仓的振动电机。等计量斗的料加完之后，关闭振动电机，然后延时关闭混合给料机以及下料阀。

要注意的是 DCS 控制始终以手动为优先级。

（3）紧急加料

在电石生产环节中，有时炉面会出现急需用料的情况，在现场设置了紧急加料开关。启动紧急加料开关，DCS 会启动 4 个振动给料电机，振动给料机将以50％的频率振荡，混合给料机和下料阀会自动打开，进行紧急加料。

9.2.4.2 加料和配料控制的设置

配料和配料的监控主要分为2个部分：第一部分为配料参数设置及控制，可按电炉生产要求设置碳素和石灰的配比、石灰重量以及碳素重量，同时采用手动和自动的切换、紧急停止等组态画面的按钮控制；第二部分为料仓及电机控制，设置料仓的重量、电机的振荡频率和累积量及清零等。

9.2.5 电极的控制

9.2.5.1 控制方式

采用液压装置来实现对电炉电极的控制。电炉电极的控制分为电极升降、电极压放、电极上拔和液压油泵启停。控制方式可根据实际需要进行手动和自动的自由切换。要注意的是DCS控制始终以手动为优先。

9.2.5.2 电极升降

在电石生产中，电极自动升降控制包括电流、流压比以及恒功率控制等三种控制方式。即通过对电流值、流压比值以及恒功率与控制误差的设定进行DCS自动调节。

电极升降控制的三种控制方式中，最为常用的是恒电流的控制方式。其它两种控制方式与恒电流控制方式类似。

（1）恒电流自动控制

第一步：设定恒定电流值，在控制屏上输入设定的电流值和电流正负调节误差范围；

第二步：先手动控制电流在设定的误差范围内，然后切换到自动控制。电极升降的电流调节范围是以工艺要求和电极自动调节频繁度来决定的。

（2）恒电流手动控制

恒电流的手动控制方式可采用对电极电流进行组态画面的手动升和手动降来控制，或者采用操作员站的电极升降控制按钮来实现。其控制优先级高于恒电流的自动控制方式。

同时变压器挡位的升降也可以通过选择 DCS 控制屏和操作台上仪表进行控制。

9.2.5.3　电极自动压放或上拔

设定固定的 3 个不同高度的压放和上拔行程，来控制压放和上拔的长度，并且在压放时对带电压放电极进行全松和带电安全联锁，防止带电压放时出现电极把持器全松事故。

当自动压放出现故障时系统会自动报警，有灯光闪烁，并提示具体的故障原因。如发生压放超时、小力缸上行超时、小力缸位置不确定等故障时，程序会自动切换到手动，操作员需与现场人员联系，确认故障后，单击复位按钮，复位自动程序。

自动压放电极时，系统会保证不会有两个电极同时压放。但手动操作时操作员必须确保同一电炉只能有一个电极进行压放。

9.2.5.4　液压站工作方式

设两台液压泵互为联锁，当蓄能器油压低于低限时，DCS自动启动一台液压泵，液压泵向蓄能器供油，直至油压高于高限时，自动停止液压泵。当启动液压泵不成功则 DCS 系统自动启动备用液压泵。

9.2.6　炉气除尘器的控制

9.2.6.1　除尘器温度的控制

电炉炉气在经过空气冷却器冷却后，进入布袋除尘器收尘。为了保障布袋不会被烧坏，进入布袋除尘装置的炉气的温度控制在要求范围以内。因而对炉气设有温度联锁，当进入布袋除尘器的炉气温度过高时，可以调节空气冷却器配风阀开度，从而降低炉气温度。

9.2.6.2　清灰和卸灰的控制

对布袋除尘器的清灰和卸灰可设置两种操作方式，一是清灰和卸灰分开进行，二是同时进行。分开进行时清灰和卸灰要分别启动，操作时首先启动清灰，等所有布袋室清灰完成之后再启动卸灰，所有布袋室依次开始卸灰。如果清灰和卸灰同时进行，只需点击启动按钮，当第一个布袋室清灰完成之后就开始第一个布袋室卸灰；然后下一个布袋就开始清灰和卸灰。直至所有的布袋室清灰和卸灰完成。

布袋除尘器主要设有以下三个联锁控制。

第一个联锁控制为每个布袋室都设有一个投入和切除开关联锁。正常时这个开关为投入状态，当这个布袋室发生故障时将开关切换为切除，这样清灰卸灰时将会跳过该布袋室，而不影响其它布袋室的清灰和卸灰。

第二个联锁控制为埋刮板机与卸灰阀电机联锁。该联锁在正常情况下为投入状态，当埋刮板机发生故障时，将停止清灰卸灰和所有埋刮板机。

第三个联锁控制为卸灰阀与投入切换开关联锁，该联锁开关正常情况下为投入状态，当卸灰阀发生故障时会停止振荡器，同时停正吹阀，反吸阀。使局部布袋仓室发生的问题不至于影响整个布袋除尘器的清灰和卸灰作业的正常进行。

9.2.7　循环水水温监控

对循环水水泵进出口温度及电炉变压器冷却水温的检测数据进行集中显示，同时设定水温报警上下限值。当检测水温温度超过设定上限值时，通知现场操作人员现场调节阀门，使水温保持在要求的范围以内，保证电炉重要设备的安全稳定运行。

9.3　系统安全注意事项

（1）系统的开启与停止、操作人员口令等系统维护工作由专职维护人员完成，未经授权操作人员不得进行此操作。

（2）操作站计算机、键盘和鼠标为专用设备，严禁挪用。为保证系统正常运行，不许在操作站计算机上运行任何其它非DCS系统所提供的软件，否则将可能造成严重后果。

（3）系统供电用的 UPS 为 DCS 系统专用设备，只能用于系统的各操作站和控制站供电，不能用于其它用途。

（4）系统对操作人员主要规定了五种权限，规定如下：

① 观察 OBV：只能观察数据，不能作任何修改和操作；

② 操作员 OPR：本权限适用于 DCS 操作人员，可以进行合分按钮开关、更改阀位输出和设定值等相关操作；

③ 操作员 OPR（＋）：本权限适用于 DCS 操作班长，可以进行所有操作，包括查询操作记录和进行报表打印等；

④ 工程师 ENG：本权限适用于工艺技术人员。可以修改控制系统的 P、I、D 参数，控制回路的正反作用和其它一些数据；

⑤ 特权 ADMIN：本权限适用于 DCS 系统维护人员。可以对系统进行维护，增加减少操作人员、工程师的用户名；改变操作人员、工程师权限和修改其口令；以及其它一些系统特殊功能。

（5）DCS 系统出现停电时，应立即将系统中投入自动控制的回路切到手动。当供电正常时，首先检查系统运行及系统数据是否正常，如果有异常现象，重新下传组态，并检查核对系统参数。一切正常后方可再次投入自动。

（6）系统启动运行上电顺序为控制站、显示器、操作站计算机；停机次序为控制站计算机、显示器、控制站。

（7）操作员口令维护：每台操作站上的操作员口令之间无任何关系必须单独建立。口令是保证系统安全正常运行的前提，必须严格执行。操作站计算机是系统的重要组成部分，必须保持其正常运行和整洁。

（8）禁止越权操作，操作人员不得退出监控系统！不可越权修改有关参数，如 PID 参数和相应的其它参数等，以免引起不必要的问题。

（9）操作画面翻页时，不能太快，连续翻页间隔时间应在1s 以上，否则系统画面不能及时更新，严重时将引起电脑死机。手自动切换时尽量确保无扰动切换。

（10）修改工艺参数时必须在输入确实无误时再按确认键，以免误操作造成危险或损失。

（11）工艺参数改动过大时应逐步接近，不能一次性做大的改动，造成控制失调或设备损坏。

（12）操作画面上的工艺数据如长时间没有变动，应及时报知维护人员。

9.4　系统异常情况处理

（1）DCS 操作界面数据不刷新（正常情况数据每秒刷新一次），手自动切换无法操作等情况，应联系 DCS 维护人员进行维护，同时立即进行现场操作。

（2）变送器故障，自动控制过程应立即切回手动。

（3）阀门执行机构，回路输出卡件等故障现象，应改为现场操作。

（4）DCS 系统回路输入卡件故障时应把相应控制回路切回手动，并更换故障卡件，检查确认故障消除后方可再次投入自动。

(5) DCS 系统出现异常断电，应改为现场操作。重新上电后，要求工程师检查系统情况，检查回路参数等系统数据是否正常，确认各调节阀的开度。若有异常应重新下传组态，一切正常后方可再次投入自动。

DCS 控制技术在电石生产装置中的具体应用是需要根据生产工艺的要求、设备的特点、操作的便捷和经济投入等实际情况来制定控制方案的。本章所介绍的内容只是一个生产装置的实例，并不说明其唯一性。随着生产设备的优化、控制技术的发展，电石生产装置的自控水平也将会不断的改进、提高和进步。

10 检验分析安全操作

10.1 检验分析概述

检验分析主要分析电石生产使用的原料石灰、焦炭或其它碳素料、岗位中间控制及产品质量。

10.2 检验流程简述

（1）原料检验

所有进厂原料经过称重计量，由库管人员对原料进行目测，合格原料堆放指定地点；取样人员根据条码单核实后进行取样，现场进行物料检验并记录。再将不少于 5kg 的分析样品送往检验室进行化学分析，出具分析检验报告、备查；

（2）中间控制

电石热样检验

对刚出炉的热电石进行取样检验，第一时间将分析结果告诉主控人员，同时出具分析报告，备查；

（3）产品电石检验

在电石冷却破碎岗位对每批电石按标准进行取样检验，出具产品质量检验报告单。

表10-1 生产原料检测分析项目及频次

检测项目/%

检测频次 原料名称 \ 检测项目	氧化钙	总钙	生过烧	固定碳	粉末	粒度	外水分	硫	内水分	挥发分	灰分
石灰	每车	随机	每车		每车	每车					
焦煤				每车	每车	每车	每车	随机			
洗精煤				每车	每车	每车	每车	随机			
兰炭				每车	每车	每车	每车	随机			
白煤				每车	每车	每车	每车	随机			
电极糊									每车	每车	每车

10.3　原材料检测项目及频次

原材料检测项目及频次见表 10-1。

10.4　仪器设备

主要仪器设备有乙炔发生器、标准量器、乙炔气体检测管、颚式破碎机、全密封式锤式破碎缩分机、电子天平、分析天平、电热恒温干燥箱、大气压力表、箱式电阻炉、密封式制样粉碎机。

10.5　岗位的安全操作

10.5.1　检验前准备工作

（1）正确穿戴个人劳动防护用品；

（2）所有在测的运转设备、电器设备、天平正常；

（3）所需要的化学试剂是否在有效期内，玻璃仪器完好；

（4）原始记录及办公用品齐全。

10.5.2　执行的标准

（1）煤的检验方法按照 GB/T212、GB/T211 标准执行；

（2）焦煤工业分析方法按照 GB/T2001 标准执行；

（3）煤中全硫的分析方法按照 GB/T214 标准执行；

（4）电石检验方法按照 GB10065 标准执行；

（5）电极糊中灰分检验方法按照 GB1429 标准执行；

（6）电极糊中挥发分检验方法按照 YB/T5189 标准执行；

（7）石灰石中氧化钙、氧化镁含量的检验方法按照 GB/

T1507.2 标准执行。

10.5.3 安全操作注意事项

（1）检查各个仪器设备电源开关等部位接线是否完好无损，保持手干燥；紧固件是否松动；严格按破碎机和固体样品粉碎机的操作规程进行操作，严禁戴手套进行破碎操作；

（2）注意酸、碱、粉尘刺激眼和呼吸道，腐蚀鼻中隔；皮肤和眼直接接触可引起灼伤；按规定佩戴耐酸碱手套、护目镜、防毒口罩等防护用品；

（3）使用电器时应注意电器的工作状态，当电器不能正常工作时，要及时进行处理和报告，并做好相应的记录。

（4）当班班长对使用的化学试剂每天进行检查，保证化学试剂在规定的有效期内，存放的一般化学试剂由指定人员负责管理，对于危险化学试剂应做好使用记录。

（5）不定期检查所在部门有毒有害、腐蚀性化学试剂有无损坏、泄漏等现象，出现异常情况应及时报告处理。

10.5.4 异常情况的处理

（1）出现运转设备停止运行或有异常声音马上切断电源，同时及时通知检修人员到现场进行处理，做好维修记录登记；

（2）发现化学试剂超出有效期马上告诉分析负责人，同时重新配制药品并作好记录；

（3）现场物理分析发现质量异常时，分析人员立即通知分析负责人；

（4）当化学分析检测结果与日常分析结果出现较大偏差时，分析人员立即通知分析负责人，同时进行复检；

（5）供应商对分析结果有异议时，重新取样进行分析；

（6）当检测所用仪器设备出现异常情况，影响了正常的分析工作，分析人员立即检修人员进行维修，维修后进行检定，检定合格方可使用；

10.6   药品安全管理

（1）根据各类化学试剂的理化性质、危险性类别，按化学品安全技术说明书和安全标签要求，对化学试剂实行隔离、隔开、分离储存，并设置明显标识，禁止将危险化学试剂与禁忌物品混合存放。

（2）存放化学试剂应避免阳光直射或靠近暖气等热源，要求避光的试剂应装于棕色瓶中或用黑纸或黑布包好存于试剂柜中。

（3）试剂柜（室）需设置明显标识，试剂瓶需有标签并保证完好清晰，无标签或标签无法辨认的应当成危险物品重新鉴别，不得随意丢弃。

（4）分析使用的易制毒品的化学试剂溶液由专人负责管理。

10.7   职业卫生

10.7.1   岗位特点

检验分析会接触各种化学试剂，要求检验分析人员要掌握各种化学试剂具有的危险特性，除严格按照安全操作规程进行作业，还应掌握防范措施和急救措施，应配备必要的应急救援器材。

10.7.2   防护措施

（1）加强个人劳动防护用品的穿戴；

（2）在接触有毒有害化学试剂时，应在通风橱内进行操作。

10.7.3   防护用品

（1）个人防护用品基本配备参照附录4；

（2）公用的防护用品应该存放在专用柜中。

10.7.4　急救药品配备

急救药品的数量和品种应根据实际需要配备，一般情况可参照附录5配置，并且应设专人管理，保证药品的基本数量和有效期。

10.8　检修

分析仪器和设备的检验、检修可参照附录2《设备检修交付工作制度》的规定执行。

附录

附录 1 生产交接班管理制度

1. 交接班的基本要求

（1）两班交接工作时由班长负责交清全部情况，保证生产连续进行。在交班前半小时交班班长应对岗位的设备运行情况、生产情况以及环境卫生情况作一次全面检查，作好交班准备。

（2）交接班的人员应要做到上不清下不接。若在交接班期间发生故障，交接班人员可以共同协商处理，如不能解决，则按级上报，逐级服从。不能隐瞒事故。

（3）接班人员必须在正点前 15min 到现场，与交班人员进行交接。

（4）交接班必须在生产现场进行二级对口交接（组长对组长，操作工对操作工）。

（5）待接班人员检查完毕，交接班双方必须在交接班记录本上签字。

2. 交接班的内容

（1）交生产：各项工艺运行指标的执行情况，核对原始记录的事项及数据是否真实、完整、清楚。

（2）交设备：设备的运转、故障处理及检修情况；

（3）交安全：劳动防护用具和设施、消防器材完整，故障或事故的处理正确；

（4）交指示：正确传达上级的有关指令及执行要求。

（5）交工具：工具的数量及使用情况。

（6）交卫生：设备擦拭干净、岗位整洁。

（7）交思想：学习的相关内容、思想动态、好人好事。

3. 班前班后会要求

班前会应认真介绍上一班工作情况，班长布置作业计划和提出工作要求及安全注意事项；班后会应进行民主讲评，班长宣布任务完成情况及工作上存在的主要问题。

附录 2　设备检修交付工作制度

1. 生产交付检修的程序

生产作业单元发生设备故障需要进行设备检修工作时，应按照检修管理制度的要求与检修作业人员进行相关的工作交接。

（1）生产操作人员在发现设备故障时，根据公司检修设备管理制度的规定，逐级向所在工序的负责人报告，由其向负责检修部门提交检修申请，经过审批，并如实填写设备故障的现象、发生的时间、损害的情况、检修时间要求等；如果设备故障导致生产线全线停车，应该先向分管负责人报告，由其批准检修计划和进度；

（2）生产工序的负责人在提交检修报告之后，应当组织人员对生产现场进行必要的清理，采取安全防护措施，避免影响生产和检修工作的进行，防止检修过程中发生事故；

（3）在检修人员达到现场时，生产工序的负责人应与检修作业票上规定的检修负责人和现场监护人员进行工作交接，共同检查设备损坏的情况并记录，向其说明生产现场的安全注意事项等安全要求，同时填写交接记录，生产工序负责人与检修负责人确认后签字。

2. 检修交付生产的程序

检修人员按照检修任务单的要求完成检修工作后，应向生产人员进行交接工作。在交接工作进行之前，检修人员应做好相关的交接准备工作：

（1）完成盲板抽堵情况的检查，并有相应的检查记录；

（2）完成设备、管道的试压试漏工作，并有相应的记录；

（3）调校安全阀、检测仪表和联锁装置，并做好记录；

（4）完成设备清洗工作，并有相应的记录；

（5）设备、管道清洗后的检验分析报告；

（6）检查设备内有无遗漏的工器具和材料；

（7）已拆除检修使用的脚手架、临时电源、临时照明设备等；

（8）已恢复检修时拆移的盖板、箅子板、扶手、栏杆、防护罩等安全设施；

（9）已完成设备的单体或联动试车，并有试车记录；

（10）已清理检修过程中在生产现场产生的杂物、垃圾、油污等。

生产工序负责人对上述项目进行检查和确认后，与检修负责人在《设备检修作业票》上进行验收交接签字。同时注明此检修设备能恢复正常生产。

3. 交接工作的要求

（1）有必要时，生产部门和安全管理部门的人员应参与交接和验收工作；

（2）生产交付检修的工作完成后，检修人员才可进行检修作业；

（3）检修交付生产的工作完成后，生产操作人员才可进入开车程序。

附录3 电石生产岗位职业危害因素一览表

序号	岗位	可能接触的化学有害因素			可能接触的物理因素			备注
		名称	职业接触限值	可能导致的职业病	名称	职业接触限值	可能导致的职业病	
1	原料制备	煤尘（游离 SiO_2 <10%）	PC-TWA 总尘 4 mg/m³ 呼尘 2.5 mg/m³	煤工尘肺				
		石灰粉尘	PC-TWA 总尘 8mg/m³	其它尘肺	噪声	≤85dBA	噪声聋	8h 等效声级
2	炉面加料	炉料粉尘	PC-TWA 总尘 8mg/m³	其它尘肺	高温	作业点平均 WBGT≥25℃	中暑	根据时间接触率-工作日实际接触时间与 8h 的累计时间与 8h 的比率和体力劳动强度分级来确定标准
3	炉前	一氧化碳	PC-TWA 15 mg/m³	一氧化碳中毒	噪声	≤85 dBA	噪声聋	8h 等效声级
					高温	作业点平均 WBGT≥25℃	中暑	根据时间接触率-工作日实际接触时间与 8h 的比率和体力劳动强度分级来确定标准

续表

序号	岗位	可能接触的化学有害因素			可能接触的物理因素			备注
		名称	职业接触限值	可能导致的职业病	名称	职业接触限值	可能导致的职业病	
4	冷碎	电石粉尘	PC-TWA 总尘 8mg/m³	其它尘肺	噪声	≤85 dBA	噪声聋	8h等效声级
					高温	作业点平均 WBGT≥25℃	中暑	根据时间接触率-工作日实际接触高温作业的比率和体力劳动强度分级来确定标准
5	电极糊	电极糊粉尘	PC-TWA 总尘 8mg/m³	其它尘肺	噪声	≤85dBA	噪声聋	8h等效声级
6	炉气除尘	粉尘	PC-TWA 总尘 8mg/m³	其它尘肺	噪声	≤85 dBA	噪声聋	8h等效声级
7	循环水				噪声	≤85 dBA	噪声聋	8h等效声级
8	空压站				噪声	≤85 dBA	噪声聋	8h等效声级

注：1. 职业危害因素的确定依据卫生部2002年3月颁布的《职业危害因素分类目录》。

2. 职业接触限值值依据《工作场所有害因素职业接触限值 第1部分：化学有害因素》GBZ2.1—2007 和《工作场所有害因素职业接触限值 第2部分：物理因素》GBZ2.2—2007。

3. 作业场所的职业危害因素应应由当地疾控中心进行检测确定。

附录4　电石生产企业个人劳动防护用品的基本配备

名称\工种	工作服	工作帽	工作鞋	手套	防寒服	雨衣	护目镜	防尘口罩	防毒护具	安全帽	安全带	护听器
原料破碎	√	√	fz	fj			cj	√		√		√
原料干燥	√	√	fz	fj				√		√		√
原料输送	√	√	fz	fj				√		√		√
炉前工	zr	√	fz	zr	√		hw		√	√		
主控	√	√	√	√						√		
除尘系统	√	√	fz	√				√		√		√
空压站	√	√	√	√						√		√
循环水	√	√	√	√						√		√
电工	√	√	jy	jy	√	√				√		
检验分析	sj	√	sj fz	sj			√	√		√		
检修	√	√	fz	fj				√		√	√	

注: 1. 表中"√"表示必须配备该类劳防用品。字母代表劳保用品应有的防护性能。

2. 字母对照: jy—绝缘, zr—阻燃耐高温, fz—防砸, cj—防冲击, sj—耐酸碱, hw—防红外, fj—防机械伤害。

3. 本表根据《个体防护装备选用规则》GB/T11651—2008 选用; 企业可参照该标准第7条的规定进行判废; 参照该标准附录B规定劳防用品的使用期限。

附录5 生产岗位急救药品基本配备

序号	名 称	单位	数量	备 注
1	生理盐水	瓶	2	
2	消毒纱布	块	5	
3	烧烫伤药膏	支	2	
4	消炎药膏	支	2	
5	邦迪	张	10	
6	胶布	卷	2	
7	云南白药喷剂	支	2	
8	无极膏	支	2	
9	棉签	包	2	
10	解暑药		若干	根据季节配备